陈

鸿

著

江村詩稿

中 华 书 局

图书在版编目（CIP）数据

江村诗稿/陈鸿著. —北京:中华书局,2020.9
ISBN 978-7-101-14692-9

Ⅰ.江…　Ⅱ.陈…　Ⅲ.诗集-中国-当代　Ⅳ.I227

中国版本图书馆 CIP 数据核字（2020）第 144928 号

书　　　名	江村诗稿	
著　　　者	陈　鸿	
责任编辑	李碧玉	
出版发行	中华书局	
	（北京市丰台区太平桥西里 38 号　100073）	
	http://www.zhbc.com.cn	
	E-mail:zhbc@zhbc.com.cn	
印　　　刷	北京瑞古冠中印刷厂	
版　　　次	2020 年 9 月北京第 1 版	
	2020 年 9 月北京第 1 次印刷	
规　　　格	开本/920×1250 毫米　1/32	
	印张 6¾　插页 2　字数 123 千字	
印　　　数	1-4000 册	
国际书号	ISBN 978-7-101-14692-9	
定　　　价	48.00 元	

自 序

我写诗,从来不是为发表或出版写的,而是想写才写。在很多情况下,我是感动才写诗,而且还想写好,如果写不好我也不动笔,这是我的良心。当然,好与不好只是自我感觉。我写的诗,都是想对自己诉说的心底絮语,用方块字码成诗歌的形式,这就草成了本稿收录的一百多首诗歌,前后凡十年时间,至于早年间发表的几首诗作早已散佚无存。

我一直认为,实际是认可,凡是好的作品一定是有灵魂的,作者在完成他的心爱作品时,灵魂一定在场,好的诗歌一定是心灵最真挚最善意的投射与咏唱。《尚书·尧典》上说:"诗言志,歌永言。"这话表达很准确:诗,是作者抒发自己志向的经典乐章,歌是长调咏唱诗的语言。很显然,诗是最适合用来颂唱与歌咏的语言文字。孔子特别推崇诗,据说《诗经》还是他删减编纂成书的呢,他曾说:"兴于诗,立于礼,成于乐。"孔子提倡要以诗歌来抒发意志,使人达到向善求仁的自觉;以礼实现人的自立,最后在音乐的陶冶下养成高贵人格。

相传成书于汉代的《毛诗序》,有考证说作者是汉人毛苌,它是我国古代诗论的第一篇论著。《毛诗序》

认为:"诗者,志之所之也,在心为志,发言为诗,情动于中而形于言,言之不足,故嗟叹之,嗟叹之不足,故咏歌之,咏歌之不足,不知手之舞之,足之蹈之也。"其意思很明确:诗,是人之情感意志的一种表现形式,蕴蓄于心则为情感意志,通过语言表达出来即为诗歌。情感于内心激荡飞扬,便用诗的语言真诚吐露。

我作诗,很自然地会去探寻那些诗坛巨子们的心路历程,在相同题材的诗作中期望趋近他们。我写诗比较劳神费力,毕竟不是职业诗人,平时工作繁重,诗便不常写。我很不习惯写律诗,律诗的平仄对仗限制了情感思绪表达的流畅性,词更是如此,所以我的诗多为古风而非律诗,字句长短多少不限,我也写现代诗,但数量更少。就我而言,诗的灵感常发端于旅行途中,枯坐陋室,常常感觉没有诗意。

我的诗多写边塞,追思古人,追慕先贤,悲歌慷慨与厚重的历史感成为诗之基调。这源于我有几年边地生活工作的经历,也得益于我对历史的深切爱好,对宇宙人生深沉的追问与思考。诗稿选录的很多边塞诗和怀古诗用典不少,读起来也许有难度,这是这类题材诗歌的一个特点吧。本稿收录的这些诗歌,也许能让我遇见几个知音,若如此,出版也就不算多余了。

目 录

旧体诗

现代诗

旧
体
诗

竹　颂

竹,虚怀有节,清白分明,素有君子之风。其竿,如戈如戟;其叶,像剑像矛,凛然难犯。竹枝无花(极少开花),不惹蜂蝶;竹根清净,不招蝼蚁,可为师为友、为侣为伴! 作颂辞,以彰其节!

缤纷篁竹,
岫居霄兮。
簧管和乐,
奏排箫兮。
受命笃行,
襟怀板荡兮。
清新俊逸,
气闲体香兮。
守土不迁,
植南郡兮。
凤鸣幽谷,
卓尔不群兮。
竿掷投枪,
如戈戟兮。

冷月生辉，
蝼蚁匿兮。
绿叶素佩，
如剑匕兮。
毫芒耀日，
蜂蝶避兮。
愿为篁竹，
长为伴侣兮。
有情相叙，
寂寞共语兮！

竹枝辞

采撷日月星，
赋予天地人。
才堪风雅颂，
清气满乾坤。

过石头城

　　南京,曾名建康、金陵,虎踞龙蟠,东南形胜,有石头城之美誉。为东吴、东晋、宋、齐、梁、陈六朝古都,皆偏安东南小朝廷。前次旅行至此,感慨系之,作诗记之而去。

　　　　金戈铁马楼船,
　　　　一枕梦断,
　　　　辜负了父老期盼。
　　　　中原乱,
　　　　朱雀暗[①],
　　　　王气散。
　　　　烽火路三千,
　　　　羌管笛声残。
　　　　说什么,
　　　　金陵多佳丽,
　　　　脂浓粉香花妍。
　　　　春风十里扬州,
　　　　自胡马南牧,
　　　　尽腥膻。

想当年，

庙堂朱门②，

阔议高谈，

保不住家国故园，

情何以堪？

记起炎黄高阙，

弥望黍稷麦田③，

偏安东南，

应觉羞惭。

悍将峨冠④，

王师几时北狩⑤？

常抚亡国曲，

好为儿女子叹，

有几人登城北望？

我列祖中原。

一曲玉树后庭花⑥，

正堪挽，

北国万里江山，

我独凭栏。

①朱雀:朱雀是中国古代神话中的天之四灵之一，
　源于远古星宿崇拜。

②庙堂朱门:这里专指皇室和世家大族。

③弥望黍稷麦田:西周灭亡时,其巍峨的宫殿化作
一片废墟,继而成为黍稷麦田。此处借指亡国
之痛。

④悍将峨冠:这里专指武将文臣等贵族。

⑤北狩:秋季在北方打猎。

⑥玉树后庭花:《玉树后庭花》为宫体诗,被称为亡
国之音,作者亡国之君陈后主陈叔宝,是南朝陈
的最后一个皇帝。陈朝灭亡时,陈后主正在宫中
与张丽华等众人宴乐。

题钱塘潮

　　某年,在钱塘观潮,巨浪穿空,怒涛如雪。记起吴越盛事,皆湮没无闻,唯有钱塘大潮年年还回,有超越时空之叹!

巨浪滚江万声雷,
惊涛拍岸雨横飞。
天犁溯江千堆雪,
艋艟云帆百丈桅。
吴越盛事湮旧迹,
钱塘每年歌一回。

故　乡①

谨以此诗敬颂自然之神祇。

尘埃浮漩星云，
日月开合阴晴。
天体电掣星旅，
宇宙壮丽远行。
星移斗转有序，
河汉流布列陈。
山原纵横驰骋，
牧野坦荡无垠。
晨若蝉翼透明，
风比柳絮还轻。
太阳抚爱大地，
万物迎蹈光明。

①故乡：此处指生命生生不息的地球。

关山月

　　三千年来,马背民族与农耕民族征伐不休,双方死伤枕藉。作韵文,对古往今来为国捐躯、埋骨他乡的先贤先烈作永恒的祭奠!

　　　　要将昆仑铸肝胆,
　　　　壮心如山出边关。
　　　　军情檄急如星火,
　　　　战场骸骨缠草间。
　　　　边声四起箫声咽,
　　　　乡关向晚笛声残。
　　　　雁掠长空家书断,
　　　　万里长征人未还。
　　　　红日西坠汉家血,
　　　　银河泪洒星满天。
　　　　长城高挽关山月,
　　　　燕山大雪飞纸钱。

步出居庸行①

　　居庸关居今北京昌平境,又名蓟门关、军都关,东连卢龙、碣石,西接太行、常山。天下险塞,自古为兵家必争之地。

　　前次与洪丹、武婕驱车经此,仰视险隘雄关,年代虽久远,然雄风犹存,心绪难平,作诗记之。

　　　　伟哉居庸关②,
　　　　耸峙踞陉肩③。
　　　　铁肩挑太行,
　　　　引臂挽关山。
　　　　横断卢龙道④,
　　　　虎视渤海湾。
　　　　坐拥紫荆险⑤,
　　　　遥对碣石滩⑥。
　　　　拓跋挥劲旅⑦,
　　　　铁血洗幽燕。
　　　　耶律起草莽⑧,
　　　　雄关镇契丹。
　　　　女真迫蓟门,

牧野尽腥膻。
神州多易主，
胡马笛声残。
骑火焚宗庙，
数变汉衣冠。
千载数百战，
殁者累如山。
戍卒填边邑，
先民多苦颜。
喋血征战苦，
艰危守业难。
修葺治戎策，
雄师镇海天。
弓弯开满月，
剑于国门悬。
枕戈夜复旦，
伐与不伐间。
万世息刀兵，
生民处宽闲。

①行：为乐府诗体。包含了魏晋时期乐府诗的音
　乐、诗体信息，多用于叙事。
②居庸关：是今北京北长城沿线上的著名古关城，

"天下九塞"之一,"太行八陉"之八。关城峡谷
属太行余脉军都山地。居庸关与紫荆关、倒马
关、固关并称明代京西四大名关,其中居庸关、紫
荆关、倒马关称内三关。

③陉:山脉断裂处。

④卢龙道:唐代以前的主要道路。位于今河北省喜
峰口一带的隘道,汉魏时称"卢龙塞",卢龙道因
此而得名。

⑤紫荆:即紫荆关,为长城关口之一,位于今河北省
易县城西 40 千米的紫荆岭上。为河北平原进入
太行山的要道之一,为太行八陉之七、天下九塞
之四。

⑥碣石:山名,即碣石山,位于今河北昌黎。公元
207 年秋,曹操北征乌桓时经此,写下《观沧海》
的不朽诗篇。

⑦拓跋:出自鲜卑族拓跋部。北魏孝文帝拓跋宏在
北魏太和十七年(公元 493 年)迁都洛阳入主中
原之后,竭力推行汉化改革,率王族改为汉字单
姓"元"氏。

⑧耶律:辽朝国姓,汉化姓氏为刘姓。源于契丹族
鲜卑分支宇文部支,出自契丹迭剌部耶律家族。

己亥春夜

暮霭四塞又苍黄，
北斗斟酒醉斜阳。
挥斥长风写云书，
指向青天读月章。
万物与我皆无尽①，
乾坤朗朗日月长。

①万物与我皆无尽：出自苏东坡在《前赤壁赋》中与友人的一段对话。客曰："月明星稀，乌鹊南飞，此非曹孟德之诗乎？西望夏口，东望武昌，山川相缪，郁乎苍苍，此非孟德之困于周郎者乎？方其破荆州，下江陵，顺流而东也，舳舻千里，旌旗蔽空，酾酒临江，横槊赋诗，固一世之雄也，而今安在哉？况吾与子渔樵于江渚之上，侣鱼虾而友麋鹿，驾一叶之扁舟，举匏樽以相属。寄蜉蝣于天地，渺沧海之一粟。哀吾生之须臾，羡长江之无穷。挟飞仙以遨游，抱明月而长终。知不可乎骤得，托遗响于悲风。"苏子曰："客亦知夫水与月乎？逝者如斯，而未尝往也；盈虚者如彼，而卒莫消长也。盖将自其变者而观之，则天地曾不能以一瞬；自其不变者而观之，则物与我皆无尽也，而又何羡乎！"

司马台①

司马台长城踞今北京密云北部古北口镇司马台村北，因其奇、特、险，为中国长城之最。司马台长城为古北口长城四个长城之一段，其他有卧虎山、蟠龙山、金山岭三个城段。

司马台长城为山海关、居庸关两大雄关之间长城要塞，为辽东平原和内蒙古通往中原地区之咽喉要道，自古为兵家必争之地。前次与王居驱车经此，见长城攀山，巨龙飞空，作诗记之。

嗟尔古北口，
愁堆卧虎山。
西倚居庸险，
东走山海关。
朔风利如刀，
边声裂肝胆。
一弯月如弓，
横空雁出箭。
悍将滋边衅，
胡马践桑田。

幽燕万户空，
千里无人烟。
戍客边塞苦，
闺阁乡里怨。
愿得睦邻久，
结好如初见。
城嶂熄烽火，
永世罢征战。

①司马台：因此地地势险要，巡城牵马至此，如不再
次喂饱，马不再走。因此古代守卫长城的将士形
成习惯，在此段存储马料，给巡城过往战马加餐，
久而久之，这一段便被称为司马台。

竹 赋

　　甲午冬日,清静无事,闲步进山,至幽谷,林壑尤美,有青竹数丛,环抱老松梅树,默然偶得,赋得数言,作韵文,以彰其节。

　　缤纷篁竹,岫居凌霄,簧管和乐,风奏排箫。受命笃行,襟怀板荡,清新俊逸,气闲体香。守土不迁,弥望南郡,鹤鸣九皋,卓尔不群。性本好青白,虚怀有节操,植田幽谷远,藏锋南山坳,风劲倒山海,雨疏琴瑟调。居陋不厌清贫,才俊不求闻达,随生不择土壤,泽被不望报答。竿掷投枪,如戈如戟,冷月生辉,蝼蚁远匿。绿叶素佩,如剑如匕,毫芒耀日,蜂蝶遁避。清高不自诩,妩媚不妖冶,冷峻不萧瑟,孤傲不狷介。采撷日月星,赋予天地人,才堪风雅颂,清气满乾坤。愿为师友,长为伴侣,有情相叙,寂寞共语!

北庭都护破阵歌并序

北庭都护府于唐武则天时置治①。今称破城子，在今新疆吉木萨尔境内，统领今天山北麓，东起今伊吾，西至巴尔喀什湖的广大地区。2012 年 8 月，正值夏秋之际，我与肖楠路经吉木萨尔，相约去寻北庭都护府遗址，重温汉家威仪。我们几经周折，终于在夕阳西垂时，发现了北庭都护府遗址，如今虽然仅剩断壁残垣，刀光剑影远逝，但昔日的威严依存。有感于这次旅行，一直想写一首诗歌缅怀我大唐戍边将士，感怀他们的伟烈丰功，终于如愿，诗抄录如下：

一弯新月过临洮②，
都护铁衣扣金刀③。
冰川玉碎金山摇④，
唐军夜演步兵操。
裂天射电夜如昼，
汉家兵营点军灶。
庭州城头夜吹角⑤，
突厥铁骑斗兵老。
寒声肃杀传刁斗，

　　　　单于军心如秋草⑥。
　　　　唐军擂鼓才破晓，
　　　　可汗十万如山倒⑦。

①北庭都护府:是唐朝设立于西域天山以北的行政
　单位,管理区域包括东起伊吾,西至咸海一带,北
　抵额尔齐斯河到巴尔喀什湖一线,南至天山。
②临洮:今甘肃临洮,因洮河而名。公元前 384 年
　(秦献公元年),秦灭狄,始设狄道县。公元前
　280 年(秦昭王二十七年),秦置陇西郡,郡治为
　狄道。唐初,置临州,后置狄道郡。公元 762 年
　(唐肃宗宝应元年),吐蕃攻陷狄道。至五代十国
　时期,称武胜军地。公元 1071 年(北宋神宗熙宁
　四年),改武胜军为镇洮军。金、元、明、清均称临
　洮府。
③都护:都护,都护府最高军政长官。
④金山:即今新疆阿尔泰山。
⑤庭州:即北庭都护府。
⑥单于:匈奴人对他们部落联盟最高统领的称谓。
⑦可汗:泛指少数民族首领。

大风歌忆汉家骁骑雪夜西域破阵

塞下秋声摄心魄[①]，
天风浩荡拍大漠。
金铁铿锵啸辕门，
昆仑倚天拟铜锁[②]。
急雪飞飐回风烈，
金山横空旋玉磨[③]。
怒向苍穹写丹青，
卷地风来云泼墨。
九天仙人抹春弦，
千树万树梨花落。
河汉霜冷弯刀月，
北斗镰钩才新磨，
汉唐武威吞河朔[④]。
上将西征出尉犁[⑤]，
汉军铁阵扎且末[⑥]。
都护擂鼓可汗惊，
胡虏豚突士气挫。
骁骑飞马刀如电，

悍将斩得薛延陀[7]，

捷书飞入长城垛。

怨客蒙垢吟风月，

壮士出征沙场殁。

战场捐躯古来多，

汉家骸骨填沟壑。

一泓碧血一寸土，

一抔坟头几家破！

将此大风歌，

遥祭殉国者。

①塞下：指边塞附近，亦泛指北方边境地区。

②昆仑倚天拟铜锁：昆仑山多金属矿，提起昆仑山感觉有金属撞击声。

③金山：今新疆阿尔泰山，苦寒之地。

④河朔：古时泛指黄河以北的广阔地区。

⑤尉犁：位于今新疆中部，巴音郭楞蒙古自治州腹地。其地胡杨久负盛名。

⑥且末：位于今新疆巴音郭楞蒙古自治州西南部，塔里木盆地东南缘，阿尔金山北麓。

⑦薛延陀：为古代中国北方民族，亦为汗国名，原为铁勒诸部之一，由薛、延陀两部融合而成，故称薛延陀。

缅忆母亲

白首念慈亲，
已为黄泉人。
不堪伤往事，
恨别泪满襟。
悲欣永牵念，
冷暖总关情。
天堂寄隽语，
注视儿匍行。
无以尊前奉，
遥祭天上心！

步出阳关行

　　张骞出使,凿空西域,汉武帝以卫青霍去病为主将,大举讨伐匈奴,袭破匈奴龙城,勒铭匈奴圣地狼居胥山。降杀浑邪王休屠王,折断匈奴右臂,打通河西走廊,将西域收归大汉版图。汉武帝在河西走廊设置武威张掖酒泉敦煌四镇,又置玉关阳关两座军事要塞,使河西走廊成为汉朝向西开放向西发展的咽喉孔道,大为开拓了华夏民族生存空间。我曾穿越河西走廊,亦走祁连山,至山丹马场,吊霍去病。在张掖少驻,恨不到敦煌。后赴新疆,走一路,见一路烽隧,而汉代遗存几不可闻。但也有身临其境之感,梦里几见我汉唐雄魂,作诗记之。

光狼城下渡板霜①,
背剑纶巾辞太行,
河西河西醉走廊,
张弓满月射天狼②。
气若霓虹耀武威③,
曾记函谷走泥丸④。
解鞍少驻饮酒泉⑤,
铁马金戈叩阳关⑥。

旧燕来归树树肥，
叶红燃尽万山单。
雨侵风荷飞银珠，
夏阳斜照叶上蝉。
乌栖若木冰轮满⑦，
明月随我到天山。
裂天霹雳横瀚海，
一川碎石礌滚坡。
半张沙幕垂万丈，
接天黄毡没千河⑧。
高昌烈焰扑葱岭⑨，
经岁常在冰火间。
沙口少歇走可汗，
信步提马缚楼兰⑩。
老夫不读少年书，
百年功名尘与土。
侠士肝胆千杯醉，
怒马背上一万觚。
胡杨九曲虬龙枝，
根扎九泉知不知。
子孝欲养亲不待，
且赋残年酬桑梓！

①光狼城:山西地名,古渡口。据史家考证,商鞅很有可能曾于此渡河西入秦关。

②天狼:即天狼星,也被称为狗星或天狼星 A,是地球夜空中最亮的恒星。

③武威:今甘肃武威市,简称"雍凉""凉""雍",古称凉州,地处黄土高原、青藏高原和蒙新高原三大高原交汇地带。汉武帝令骠骑将军霍去病远征河西,击败匈奴,为彰其"武功军威"命名武威。武威是古丝绸之路要冲。

④函谷:即函谷关,位于今河南省三门峡市灵宝市函谷关镇王垛村。函谷关西倚高原,东临绝涧,南接秦岭,北塞黄河,关在谷中,深险如函,是古代中国建置最早的雄关要塞之一。

⑤酒泉:酒泉位于今甘肃省西北部河西走廊西端的阿尔金山、祁连山与马鬃山之间,为汉代河西四郡之一,自古为中原通往西域的交通要塞,也是丝绸之路的重镇。酒泉因"城下有泉""其水若酒"而得名。

⑥阳关:阳关是古代中国陆路对外交通咽喉之地,是丝绸之路南路必经的关隘。位于今甘肃省敦煌市西南的古董滩附近。西汉始置关,因在玉门关之南,故名。

⑦乌栖若木冰轮满句:乌,即太阳。若木,传说太阳下山后休息的地方。冰轮,这里指满月。

⑧黄毡:指遮天黄沙。

⑨高昌:古高昌国是西域的一个佛教国家,位于今新疆吐鲁番市高昌区东南,是古时西域交通枢纽。　葱岭:即帕米尔高原,古丝绸之路在此经过。

⑩楼兰:古国名,是古丝绸之路上的一个小国,位于罗布泊西部,处于西域的枢纽。楼兰古国在公元前176年前建国,公元630年却突然神秘消失,享国800多年。

步出玉关行①

　　2011年初秋,西风渐紧,瀚海烁金,胡沙蔽天。我出玉门,远涉流沙,感慨万千。想当年,我汉家将士,戎装西狄,抱死出塞,破敌,守寸土于万里外,威震西域。

　　　　长风吹落天山月,
　　　　北斗横空钓天河。
　　　　昆仑斜倚河汉卧②,
　　　　侧身天外一尺多。
　　　　回归北望阿尔泰③,
　　　　遮天遮地走龙蛇。
　　　　王母筵宴瑶池边④,
　　　　穆王饮恨参商隔⑤,
　　　　猎父弦惊天狼宿⑥,
　　　　一梦碧霄枕银河。
　　　　药师蟾宫折桂柯⑦,
　　　　天连大漠垂凤翮。
　　　　云扑葱岭垂天落,
　　　　雪铸冰刀面如割。

彤云万点缀烟霞，
日煮瀚海蒸烈火。
罗泊愁渡鸟惊心⑧，
雁阵每歇玉关垛。
天风吹砂销金戈，
轮台剑气裂玉帛⑨。
铁衣胡旋龟兹舞⑩，
衰草穷秋楼兰歌⑪。
少年出塞报家国，
汉唐老军填沟壑。
千载家书无一字，
乡关望断老泪浊。
人世几回伤往事，
壮岁襟怀感慨多。

①玉关：即玉门关，始置于汉武帝开通西域道路、设
　置河西四郡之时，因西域输入玉石时取道于此而
　得名。
②河汉：指银河。
③阿尔泰：即阿尔泰山，也称金山。
④王母：即西王母，也称王母娘娘。也有专家考证
　西王母为埃及女王（埃及历史上有多位女王）。
　瑶池：瑶池是古代中国神话中西王母居处，即今

新疆天池。战国时的典籍《列子·周穆王》记载，（穆王）"遂宾于西王母，觞于瑶池之上。西王母为王谣，王和之，其辞哀焉。乃观日之所入，一日行万里"。唐代李商隐写下《瑶池》诗："瑶池阿母绮窗开，黄竹歌声动地哀。八骏日行三万里，穆王何事不重来。"也有《古风》说："荒哉周穆王，八骏穷万里。朝发昆仑巅，夕饮瑶池水。"

⑤穆王：即周穆王，周天子。周穆王西行见西王母之事详载于《穆天子传》一书中。西周强盛时，周穆王有意宣扬强大国力，决意周游天下。他驾八骏马车，浩荡西征。九个多月后，抵达西王母邦国。第二天，周穆王见西王母，相约在瑶池饮酒高会，谣歌唱和。两人临别，西王母先赋诗，诗曰：白云在天，山陵自出，道里悠远，山川间之。将子无死，尚能复来？诗的主要意思是问周穆王何时再来。周穆王和诗：予归东土，和治诸夏。万民平均，吾顾见汝。比及三年，将复而野。诗的主要意思是说，我大概三年再回来。因路途遥远，山川阻隔，当时50多岁的周穆王最终没有再次西行去会西王母。　参商：古时指天上的参星和商星，古义指不相见、有距离。杜甫有诗云："人生不相见，动如参与商。"

⑥猎父：即猎户座，是赤道带星座之一，猎户座主体由参宿四和参宿七等4颗亮星组成一个大四边形。　天狼：即天狼星，也被称为狗星或天狼星

A,是地球夜空中最亮的恒星。

⑦药师:这里借指药师王佛。　蟾宫:指月宫。中国神话传说中月宫有一只三条腿的蟾蜍。　折桂柯:攀折月宫桂花,科举时代比喻应考得中。

⑧罗泊:即罗布泊。新疆东南部湖泊,由于形状宛如人耳,被誉为"地球之耳",又被称作"死亡之海",也称罗布淖(nào),《山海经》称之为"幼泽"。

⑨轮台:维吾尔语"雕鹰"之意。轮台县地处新疆巴音郭楞蒙古自治州西部、天山南麓、塔里木盆地北缘,是古西域都护府所在地。

⑩龟兹:是中国古代西域大国之一,汉朝时为西域北道诸国之一,唐代安西四镇之一。为古代西域出产铁器之地。

⑪楼兰:古国名,是古丝绸之路上的一个小国,位于罗布泊西部,西域枢纽。楼兰古国在公元前176年前建国,公元630年却突然神秘消失,享国800多年。

陋室赋

　　住处无须奢华,能邀月色则雅。居所不必求大,能捧阳光最佳。屋小听风雨更真,家偏距自然更近。多读书气宇自华,勤洒扫风水盈庭。无铜臭蹙眉,有墨香怡人,无市井纷扰,有雅士抚琴。满园芬芳无须觅,窗外花木趋相迎。昼夜日月流转,荣枯春秋轮替。画一稻穗秋熟,写一海棠春回。斯是陋室,君子居之,何陋之有?

附:刘禹锡陋室铭

　　山不在高,有仙则名。水不在深,有龙则灵。斯是陋室,惟吾德馨。苔痕上阶绿,草色入帘青。谈笑有鸿儒,往来无白丁。可以调素琴,阅金经。无丝竹之乱耳,无案牍之劳形。南阳诸葛庐,西蜀子云亭。孔子云:"何陋之有?"

写在夏口①

隔岸桃花枕寒流，
春过夏口便入秋。
金陵水拍燕子矶②，
晴川浪涌黄鹤楼③。
飒飒西风凋碧树，
潇潇暮雨洗江州④。
万紫千红花落尽，
明年枝头复依旧。
人生何如枝上花？
逝者如斯不回头。
长江淘尽千载客，
枫桥霜染万古愁。
人生在世当摩云，
也傍江月弄扁舟。

①夏口:既是地理上的夏口,也是季节上的夏口。
②金陵:今南京。　燕子矶:位于今南京栖霞区观
　音门外,有"万里长江第一矶"之称。海拔 36 米,
　山石直立江上,三面临空,形似燕子展翅欲飞,因

　　名燕子矶。为古代重要渡口。

③晴川:在今湖北汉阳。

④江州:今扬州。

云水赋

泉抱石流,云拥山栖,向空濛,山雨绵密,风牵衣。问心无语,万籁俱寂,待红尘事了,铅华洗,去留无意。

山鬼赋①

　　丙申秋夜,读楚人屈原《九歌·山鬼》,继读陈王曹植《洛神赋》,感屈子召山鬼不遇,悲曹植邀洛神不至。叹人神迥异,仙凡殊途,悲雷填雨冥,猿啾狖鸣,风飒木萧,岁老日暮,心愿难遂! 此赋。

　　恍有灵兮山之隈,忽凌波兮水之湄。束葛蔓兮佩紫檀②,披辛夷兮戴紫薇。衣襟曜兮飞燕裾,长袖飘兮银莲袂。馨香馥郁,蔷薇饰髻,凌波逸远,熏草绾笄。镯玉簪花,缳风信子,持紫荆杖,着木槿屐。饮蘅皋水,餐矢车菊。黠若赤狐,狡如豹狸,含睇宜笑,温莹姝丽。螺黛横眉,皓齿含贝。流盼顾盼,朱唇若丹,肌肤敷雪,气闲若兰。皎洁兮生明月,皓曜兮悬白日。神感知遇,姣服彩衣,桂酒椒浆,蕙肴兰藉。舞深潭之鳅,泣溪涧之鲵。昭日月兮予心,叹佳人兮不应。思东君兮怅惘③,泣涟涟兮沾襟。白露凝兮为霜,密云腾兮致雨。凋木叶兮秋暝,气肃杀兮色郁。人神迥异,沟壑云霓。浮云苍狗,斯须白衣。韶华易逝,白驹过隙。岁老日暮,虎啸猿啼。东方既白,不知所之。

①山鬼:屈原笔下的神女。屈原楚辞《九歌·山鬼》是祭祀山鬼的颂辞,描述的是一位多情的神女,在山中与她的恋人幽会并期待与恋人重逢而不可得的惆怅,着力渲染了一个诡异瑰丽的神女形象。屈原是写楚辞体的大家,对后世影响极大。他的《九歌·湘夫人》有诗句"沅有芷兮醴有兰,思公子兮未敢言。荒忽兮远望,观流水兮潺湲"。明代诗论家胡应麟对上面诗句的评价影响深远,他说:"唐人绝句千万,不能出此范围,亦不能入此阃域[kǔnyù]。"他的意思是说:唐朝登峰造极的诗那么多,都跳不出这个圈子,也达不到这个境界。

②葛曼以下紫檀、辛夷、紫薇、银莲、蔷薇、熏草、玉簪花、风信子、紫荆、木槿屐、矢车菊等植物色皆紫。

③东君:太阳。

楚　歌①

楚汉相争,早期,楚军势大,战无不胜,垓下一战,刘邦赢定项羽。楚军覆灭,是楚军自溃,非楚歌之过也。

江东子弟灭强秦②,
楚汉垓下扎铁营。
壮士有功惜玉印,
霸王无谋丧军心。
韩信何曾使诈术?
楚歌一曲破楚军!
惊天一抹乌江刎,
宝刀溅血别虞卿③。
山川有泪因有情,
江流呜咽到如今。

①楚歌:中国古琴名曲。楚汉相争汉军围楚军于垓下,刘邦采用张良之计,在楚营四周唱起楚地民歌,楚兵闻乡音而军心涣散,楚军崩溃。
②江东子弟:秦末反秦起义军中项梁的一支,项梁

战殁,统归项羽。

③虞卿:即虞姬,为不拖累项羽及楚军,先于项羽
自尽。

林下随想

风光扑面为我妍，
山川排闼到跟前。
岭外云际绕桑田，
故园圩里看炊烟。
经年几事曾着眼？
一无疏狂非少年。

放　逐

曾从庙堂到江湖，
一杆笔一卷书，
三万六千里长路，
谁能回到人之初？
曾向青天说空无，
有心就有版图。
也曾执意寻归宿，
本在我心安处。

燕歌行自序

三十意气一世雄，
敢将此生系飘蓬。
车如雷震马如龙，
翼轮横天辗长空。
北上雄关叩居庸①，
南望故土千万重。
冷月划破边关梦，
醉里挑剑气如虹。
萧关马鸣飞征蓬②，
阙楼残照起秋风③。
雄图偏逢暝色穷，
命运无悔西复东。
浑酒常擎浊酒盅，
老夫有泪对家翁。
日出万壑飞金凤，
古刹老僧撞晚钟。
一世功名无影踪，
老去归来亦英雄。

①居庸:即居庸关,是今北京北长城沿线上的著名古关城,"天下九塞"之一,"太行八陉"之八。关城峡谷属太行余脉军都山地,险山夹峙,下有巨涧,悬崖峭壁,地形极为险要。居庸关与紫荆关、倒马关、固关并称明代京西四大名关,其中居庸关、紫荆关、倒马关又称内三关。

②萧关:在今宁夏固原东南。依六盘山山口之险而立,控扼自泾河方向进入关中的通道。萧关是关中西北方向的重要关口,屏护关中西北的安全。　征蓬:像随风而去的蓬草一样出征,表达烈士暮年、壮心不已的心境。

③阙楼:高台建筑物。指皇宫门前两边供瞭望的楼,有时也借指朝廷。

燕歌行自新疆归京

我赴疆三年,都门望断,洪荒接天,边声四起,慷慨生悲。今日(2014 年 8 月 23 日)归京,感怀赋诗。

千江有水俱朝宗,
西来三年掉头东。
班超飞骑入汉关^①,
曾记去日制羌戎^②。
玉关回望冰峰雪,
金山倚天飞白龙^③。
青冥滚礌大漠动,
碧霄横出昆仑峰。
无涯瀚海愁万年,
遮天黄沙锁千重。
天山月冷冰面孔,
孑身常伴夕阳红。
胡笳拍里边声重,
羌笛数声泪眼濛。
胡天八月无颜色,
边地苦寒雁去空。

寒窟暖身惟烈酒，
不敢滞留作醉翁。
阳关疾去嘉峪关，
河西快马趋汉中④。

①班超:《后汉书·班梁列传》记载:公元 100 年(汉
　和帝永元十二年),时任西域都护的班超年老思
　乡,疏奏乞归。奏书写道:臣不敢望到酒泉,但愿
　生入玉门关。班超这话的意思是说:我没指望能
　到酒泉,但愿能活着进入玉门关。可见当时当地
　路途多么遥远艰险与荒凉。公元 102 年,班超回
　到洛阳,殁,葬洛阳北邙山。
②羌戎:泛指西北少数民族。
③金山:即阿尔泰山。
④汉中:此处指汉地。

龙马篇

　　我赴疆三年,甘苦自知。边地苦寒,炎夏生烟,苦不敢言,仰观雁字南去北还,声断云间,自己惟血性、热情相伴,作龙马篇。

　　　　龙骧骋怒马,
　　　　牧放天山下。
　　　　残阳铺铁霞,
　　　　冷月穿青甲。
　　　　大漠云飞挂,
　　　　瀚海起黄沙。
　　　　胡天八月雪,
　　　　边地夏开花。
　　　　戈壁铸铁血,
　　　　天风拍剑匣。
　　　　一腔血性在,
　　　　四海俱为家。

金盏花

不以芳颜悦目，
何曾馨香媚人！
朵绽长亭泽畔，
瓣落禅院水滨。
年年花事随春醒，
不为凋零，
只为曾经！

与树私语

　　《诗经·邶风·击鼓》"死生契阔,与子成说。执子之手,与子偕老",是来自心灵深处最真实歌唱,体现了对生命存在最深厚之人文关怀。是为序。

殊堪为知己,
天地恒仁立。
把酒邀月下,
对坐影为席。
背负冰焰久,
根深虬龙知①。
斯世千百岁,
青春复轮回。
冠盖张善意②,
援臂解情谊③。
相合做爱人,
甘苦共红尘。
结庐为师友,
白首话悲欣。
狂飙雨如磐,

驰电掣雷霆。
惯看秋飘零，
荣枯本修行。
万物皆有灵，
嗟尔最通神。

①虬龙:古代传说中有角的龙。
②冠盖:即树冠。
③援臂:树枝。

六连星

某年,我在琅琊仰观星汉,穿越千古,牵念兴替。

银河如注,苍天如海。
列星璀璨,昴宿如带①。
日月经行,巡回亿载。
天上一瞬,千秋万代。
俊采星驰,长歌当慨。

①昴宿:昴为星宿名,二十八宿之一,有星七颗,称
  为七姐妹星,其中六颗星较为明亮,看似六连星,
  也称幸运之星。

河西赋

河西,此处专指河西走廊,为我华夏族命脉所系。汉武帝令张骞出使西域,又着卫青霍去病扫荡西北,折服强大匈奴,打通河西走廊,自此,我大汉与西方国家之联系畅通,往来驼队商贾络绎不绝,是为丝绸之路。丁酉深秋,我与洪丹、武婕驱车赴甘南,越尔郎山,至兰州小驻,作诗以记。

汉承秦风,横扫六合之余烈[①];征讨不庭[②],吞吐旷古之蛮荒。关中莽原,牧野弥望,彼黍离离、蒹葭苍苍[③]。天水肇基[④],牧马庆阳[⑤],祁连铺天[⑥],背倚雍凉[⑦],铁血经略,戎狄酋长,义渠俯首,昭王开疆[⑧]。长安回望,丰镐咸阳[⑨],函谷潼关[⑩],河套莽莽[⑪]。驰道直道[⑫],骋望奔放,重兵屯险,秦置国防。张骞衔命,万死投荒,西涉流沙,滚过草莽,道阻且长,凿空西疆。霍去病卫青李广,威服浑邪休屠王,折断匈奴臂膀,打通河西走廊,冠军侯猎龙城[⑬],封狼居胥朔方[⑭]。星宿排闼拱卫,天箭天龙猎父天狼[⑮];河西四郡前出,武威张掖酒泉敦煌[⑯]。玉关阳关,耸峙相望,锁钥胡天,铁铸城障,虎视车师龟兹,威逼楼兰若羌⑰。怀柔异域,睦邻天下万邦;金戈铁马,化作驼队行商。雄关高拔,秦腔高亢,大略雄才,汉武秦皇!

①横扫六合:即秦始皇统一六国。

②征讨不庭:大意是兴兵讨伐不奉王命的属国。

③彼黍离离、蒹葭苍苍:《诗经》句子。

④天水:今甘肃天水,秦国的发祥地。

⑤庆阳:义渠国都所在地,在今甘肃庆阳。

⑥祁连:祁连山脉,位于今青海省东北部与甘肃省西部边境,是中国境内主要山脉之一。由多条西北—东南走向的平行山脉和宽谷组成。

⑦雍凉:即雍、凉二州。雍州在今陕西西安、陕西宝鸡、宁夏固原、甘肃平凉及甘肃天水等地。凉州在今甘肃大部和青海西宁等地。

⑧昭王:即秦昭王,也称秦昭襄王,战国时期秦国国君(公元前306年—公元前251年在位),为中国历史上在位时间最长的国君之一。奠定了秦国统一战争的胜利基础。秦昭王于公元前251年去世,终年七十五岁。

⑨丰镐:丰镐遗址,位于今陕西省西安市长安区。丰京与镐京并称为"丰镐",是西周王朝的国都,我国历史上最早称为"京"的城市,也是中国最早

的城市,其作为西周首都沿用近三百年,又称宗周。

⑩函谷:即函谷关,位于今河南省灵宝市。函谷关西踞高原、东临绝涧、南接秦岭、北塞黄河,为中国历史上建置最早的雄关要塞之一,因关在谷中,深险如函,故名。　潼关:位于今陕西省渭南市潼关县北,北邻黄河。《水经注》记载:河在关内,南流,冲激关山,因谓之潼关。潼关是关中的东大门,历来为兵家必争之地。

⑪河套:指内蒙古和宁夏境内贺兰山以东、狼山和大青山以南黄河流经之地。因黄河水流经此形成一大弯曲,故名。"河套"之名始于汉代。其地水草丰美,故有民谚"黄河百害,唯富一套"。

⑫驰道直道:即秦时驰道直道,是为军事高速公路,主要目的在于,重兵屯险要,一旦某处事变,大军可快速驰赴出事地点平乱,这是跨越时空的国防战略思维与军事部署。驰道始于秦朝。公元前220年,秦始皇统一六国后的第二年,立即下令修筑以咸阳为中心、通往全国各地的驰道。

⑬冠军侯:霍去病因功封冠军侯。

⑭封狼居胥:封狼居胥典故,指西汉大将霍去病登狼居胥山筑坛祭天以告成功之事,出自《汉书·霍去病传》,此后,封狼居胥成为华夏民族武将的一种最高荣誉。狼居胥,今蒙古国首都乌兰巴托东肯特山。　朔方:意为北方。朔气专指北

方的寒气,北方苦寒,所以称朔方。朔方也为郡
名。朔方郡所在地内蒙古河套地区,战国时称为
河南地,原为赵国领地,其后赵国衰落,河南地被
匈奴占据。

⑮天箭天龙猎父天狼:均为星座名。

⑯武威张掖酒泉敦煌:汉武帝于公元前 121 年设立
酒泉郡、武威郡,公元前 111 年设立张掖郡,公元
前 88 年设立敦煌郡,这就是著名的河西四郡。

⑰车师龟兹、楼兰若羌:均为西域古国名。

观沧海

曾慕临川笔①，
要向琅琊拜②。
高起七丈台，
东向观沧海。
天际云帆涌，
秋风阵阵开。
礁石骑巨浪，
箫鼓卷涛来。
拥抱生浮萍，
牵念长青苔。
林覆岩中贝，
水淹秦船骸，
红尘悲欣结，
生死谁剪裁？
古今多少事，
天下情萦怀。

①临川：指南朝山水诗人谢灵运。他曾任临川内
　史，这里是称其官职，与称王安石为王临川（籍

贯)不同。

②琅琊:即琅邪,今作"琅琊",读 láng yá,是山东东
　南部古地名。春秋时期,齐国有琅邪邑,在今山
　东省青岛市琅邪台西北。有越王勾践迁都至此
　之说,也有他在这里搭七丈高台以观沧海的传
　闻。秦在此置琅邪县,并以之为琅邪郡治所。

月上弦

一轮满月笼芳园，
一弯弦月半朵妍。
狐老头指故山川^①，
青春不再最堪怜。
月上弦挽月下弦，
江流飞逝白云间。

①狐老头指故山川：狐死时其头颅会朝向自己的出
　生地，如人期望叶落归根。

渔父吟

每垂柳绦放鱼钩，
一竿春江一竿秋。
常向平湖钓弦月，
也抚北斗当箜篌^①。
史册一瞥头飞雪，
笑将风荷作扁舟。

①箜篌：中国古代传统弹弦乐器。在古代除宫廷雅
　乐使用外，在民间也广泛流传。有卧箜篌、竖箜
　篌、凤首箜篌等多种形制。

文天祥

大名垂宇宙，
匹夫为国谋。
少登天子堂，
书生不封侯。
骑火猎江右，
魂断襄阳州^①。
厓山殁十万^②，
不做亡国羞。
滩头说惶恐，
孑身济孤舟。
零丁叹伶仃^③，
恨如大江流。
燕市作楚囚^④，
丹心引千秋。

①魂断襄阳州：宋蒙襄阳战役历经 5 年，宋完败，此
　役，是宋蒙战争的转折点，襄阳战败，南宋很快
　灭亡。
②厓山：今作崖山。位于今广东江门市新会区南约

50 千米的崖门镇。1279 年(南宋祥兴二年,元至元十六年),宋朝军队与蒙古军队在崖山进行大规模海上决战,元军以少胜多,宋军全军覆没。南宋灭亡,蒙元最终统一整个中国,中国第一次整体被北方游牧民族彻底征服。有学者认为这场海战标志着古典意义华夏文明的衰败与陨落,有"崖山之后无中华"之说。崖山海战使中华文明由此产生明显断层,影响极为深远。

③滩头、零丁句:文天祥起兵抗元失败,在被押解北上途中,激愤写下《过零丁洋》诗:"辛苦遭逢起一经,干戈寥落四周星。山河破碎风飘絮,身世浮沉雨打萍。惶恐滩头说惶恐,零丁洋里叹零丁。人生自古谁无死? 留取丹心照汗青。"抱定了绝不妥协贪生的必死信念。

④燕市作楚囚:燕市来自荆轲刺秦王的典故,楚囚来自《左传》的南冠楚囚的典故。文天祥起兵抗元失败,被押解至大都(今北京),故有此说。

梅雪辞

甲午春日,燕山雪迟,梅花尚艳,雪花飞扬,敛入梅丛,恰似桃李花开,有感,作诗记之。

燕山雪花飘何迟,
纷纷扬扬润花枝。
恰似桃李争春日,
一树梅花一树诗。

乙未读史

我华夏五千年文明到如今,感慨系之。

> 五百年海风西渐东①,
> 五千年文明岂势穷!
> 诸子雄文折天下,
> 威服海内唱大风。
> 铁铸昆仑矗肝胆,
> 血贯长川潜蛟龙。
> 且趁丰年耕田垄,
> 莫负佳期睡梦中。
> 要效夸父起桃林②,
> 耻教猛虎作睡虫。
> 知行求索不停踵,
> 仁爱四海归大同。

①海风西:指西方文艺复兴。

②夸父:故事出自《山海经·海外北经》(《夸父逐日》)。中国上古神话故事。相传在黄帝时,夸父族中一个首领想要把太阳摘下,于是开始逐日。

他口渴的时候喝干了黄河、渭水,准备往北边的大泽去喝水,在奔向大泽路途中被渴死。他的手杖化为桃林,而他的身躯化为夸父山。

十面埋伏

　　大型琵琶武曲《十面埋伏》又名《阳平楚》,内容壮丽辉煌,风格雄伟奇特。整首曲子或高亢低沉,或徐缓激越,传神演绎了楚汉垓下之战的惨烈悲壮。

　　此诗根据垓下之战的战争进程,意在描摹该曲的节奏变化和要表达的思想内容。

　　　　布阵声,
　　　　金铁声,
　　　　鼓角声,
　　　　弦惊声,
　　　　强弩板机声[①],
　　　　如巨鲸翻身,
　　　　西风劈林。

　　　　战马嘶鸣声,
　　　　铁骑奔突声,
　　　　轮毂撞击声[②],
　　　　战车崩裂声,
　　　　箭飞坠瓦声,

如雷霆地震，
天兵破阵。

殁者咽气声，
乌鸦窥伺声，
伤兵哀嚎声，
爷娘唤儿声，
妻子掩泣声，
如山鬼夜哭，
月出惊隼。

剑戟铿锵声，
盾牌叩击声，
四面楚歌声，
汉军山呼声，
江流呜咽声，
如银瓶乍破，
裂帛摔琴。

虞姬溅血声，
项羽叹息声，
霸王自刎声，
蹂践项王声，

乌驹沉江声，

如刑神诅咒，

司命摄魂③。

①强弩:强弩是改造后的弩机,威力更大,射程
　更远。

②轮毂:车轮子中心装轴的部分。

③司命:星名。文昌的第四星。

题太师庄

太师庄位于京西北部康西草原,紧邻八达岭长城,为农耕游牧分界岭,自古为战场。想当年,虏骑奔突,腥膻蔽野,毁我长城,长驱直入,骠掠而去,几丧吾家国矣!前次与洪丹、武婕驱车至此,感慨系之,作此诗记之而去。

秋狝大围场,
康西太师庄。
牧野陇耕界,
血沃钻天杨。
骑火腥膻地,
倥偬理蚕桑。
鞑虏破长城,
家国几轮殇。
裂土分南北,
胡马饮长江。
才叹零丁洋[①],
又哭我维扬[②]。
鹰视膏腴地,

狼顾犯吾疆。

老弱转沟壑，

少壮死疆场。

民生多艰危，

哀恸撼庙堂。

蒿里悲狐兔，

柴桑蜷老狼。

伟哉天子国，

虎骞落平阳。

尚武称孙吴，

怀柔有老庄。

收拾旧山河，

武威迈汉唐。

且复阙楼拜③，

告天慰炎黄。

煌煌国祚永，

滔滔流未央④。

①零丁洋:文天祥起兵抗元失败,在被押解北上途
中,激愤写下《过零丁洋》诗,其中两句是:惶恐滩
头说惶恐,零丁洋里叹零丁。

②维扬:今江苏扬州。1645 年,清军大举围攻扬州
城,不久后城破,史可法拒降战死。

③阙楼:指供瞭望的楼;高台建筑物。

④未央:按古汉语解释为未尽、未已,没有完结;也
　有喜乐、长寿和平安的意思。

插花秋词

为刘彤插花作诗留存。

木叶落缤纷，
暗香浮花魂。
惟恐秋萧瑟，
留驻一枝春。

插花春词

为刘彤插花作诗留存。

四月春芳尽，
碧绦缀新妆。
但遗一抹红，
留做夏霓裳。

插花词

为魏丽莎插花作诗留存。

陶瓦植松乔，
淇竹一竿高。
四时邀春驻，
蟠枝桃夭夭。

辛夷花①

辛夷开山寺，
红墙暖香霞。
晨声唤客醒，
一树芙蓉花！

①辛夷花:即玉兰花,也称树上芙蓉。

海市蜃楼

得失有定不足羡，
人生斯世只瞬间。
蓬莱岂止悬渤海，
是处山川有神仙。

江　南

檐前燕子斜斜飞，
庭院桃李竞芳菲。
蝶花纷纷敛香树，
若夸颜色不须梅。

题吉州窑

　　吉州窑陶瓷为汉族传统制瓷工艺中的珍品,产于江西吉安。古吉州窑兴于晚唐,盛于两宋,衰于元末,因地命名。

　　庐陵薪火接千年[①],
　　天目陶土出赣田[②]。
　　秋思浸透木叶盏,
　　敢与春色斗芳妍。

①庐陵:今江西吉安。
②天目:吉州窑烧制的瓷称天目盏。

乙未中秋

白露已过,转瞬秋分。中秋时节,菊花怒放,天气萧凉。寄语:凉风起天末,君子亦保重!

白露横江渚,
长空雁数声。
中秋赋明月,
投书寄红尘。

过井陉

太行山共有八陉（陉，山脉断裂处），井陉最著名，这里有秦代驰道遗址，秦皇死沙丘，由此西返咸阳，称雄天下的秦王朝突然崩塌。楚汉相争，韩信引兵出井陉，征伐项羽，威服天下，刘邦做了皇帝。我一直有心独走井陉，一直未能如愿。戊戌仲夏，我与木子、小白、冯涛、薛君驱车经此，作诗记之而去。

秦皇故道埋荒径[1]，
太行横断裂井陉。
羊肠九曲沉窟底，
穹庐悬镜播光明。
怪鸥绕林号古木[2]，
老猿啼月放悲声。
长峡风骤出剑鸣，
东征十万吼秦音[3]。
赵高矫诏宣王命，
楚虽三户灭强秦。
传闻下辖有古村，
野老昏灯说韩信。

智略足以谋天下，
孤傲几番误己身。
悲歌一曲唱易水，
慷慨还是老赵人。

①秦皇故道：即秦时直道、驰道，是为军事高速公
　路，主要目的在于，重兵屯险要，一旦某处事变，
　大军可快速驰赴出事地点平乱，这是跨越时空的
　国防战略思维与军事部署。驰道始于秦朝。公
　元前220年，秦始皇统一六国后的第二年，立即
　诏令修筑以咸阳为中心、通往全国各地的驰道。
　秦朝著名的驰道有9条。
②怪鸮：即猫头鹰。
③东征：秦军屡出函谷关征讨蚕食东方六国。

金山行①

　　某年中秋过后,我与洪丹利用假期在北疆阿尔泰山一带旅行。这时的阿尔泰山地区一如内地隆冬季节,呵气成霰,枯草结霜,木叶尽脱。

　　这里夜空澄澈,月色皎洁,关河冷落,银河如带横过天际,也时有流星划过天幕……

　　有感于古往今来埋骨天山南北的汉家将士,唏嘘感慨,悲痛莫名!作此诗,对早已离我们远去的阵亡将士做永恒的祭奠!

　　　　洪荒接天连大漠,
　　　　秋色万里怅寥廓。
　　　　卷地风来百草卧,
　　　　边声扑向长城垛。
　　　　横天河汉碧海阔,
　　　　流星坠入松山壑。
　　　　北斗玉柄挑河朔②,
　　　　雄鸡啼晓关河落。
　　　　血色残阳铺天火,
　　　　八骏金轮辗夭魔③。

弦月弯刀才新磨，

直下楼兰斩头驼④。

①金山：即阿尔泰山。

②河朔：地区名，古代泛指黄河以北的地区。见《宋
史·地理志》："河朔幅员二千里，地平夷无险阻。"

③八骏：传说中周穆王驾车用的八匹骏马，能日行
万里。

④楼兰：即古楼兰国。是古丝绸之路上的一个小
国，位于罗布泊西部，为西域枢纽。楼兰古国于
公元前176年前建国，公元630年突然神秘消失，
享国800多年。

过庐陵

　　江万里,江西都昌人,南宋宰相,曾任庐陵(今江西吉安)知府,江万里在庐陵为官时,创建白鹭洲书院,亲自授课,风习始淳。自此,庐陵有进士三千,天下第一(苏州第二)。庐陵人文天祥亦曾在白鹭洲书院进学,高中状元,江万里老迈,元军来攻,陷家乡,举家多人投止水自尽。前次经此少驻,与志坚语,始知当地文化厚重,作诗祭奠先贤先烈。

　　　　庐陵江万里,
　　　　置坛白鹭洲。
　　　　州官授生徒,
　　　　匹夫为国谋。
　　　　书声动天地,
　　　　风习始淳修。
　　　　进士晋三千,
　　　　一抔壮心酬。
　　　　鞑虏裂河山,
　　　　腥膻厌神州。
　　　　力竭怀沙沉,

不做亡国羞。
止水焉止流？
声名著千秋！

江　上

渡远天地外，
浮江看过客。
擎杯忘千悲，
我自醉一刻。

过扬州

乙未年春夏间,我过扬州,友建峰、安定相邀,临胜境。记起晋代盛事,好景不长,繁华幻灭,只在瞬间,不免唏嘘,各自散去。

维扬枕畔大江流①,
十万胜境一望收。
朝云垂江笼碧树,
暮雨苍茫掩归舟。
江上千帆系扬州,
枝头万朵解乡愁。
琼花绽放玉盘白,
曲水蜿蜒西湖瘦②。
伯牙弦断绝知音,
广陵散尽埋风流③。

①维扬:扬州的别称。
②西湖瘦:扬州瘦西湖。
③广陵散:广陵,即今扬州。《广陵散》作为旷古名曲,因先秦时聂政刺韩相而作。该琴曲只有魏晋

时嵇康能抚。司马昭下令处死嵇康,临刑,嵇康弹奏《广陵散》从容赴死,该曲遂绝。

雪芙蓉歌^①

一枝雪芙蓉，
落笔走蛟龙。
既写梨花白，
也画桃夭红。
赠与好颜色，
万事有无中。

①雪芙蓉：毛笔名。

淇竹辞①

枝枝竿似戟，
叶叶利如刀。
灼灼炫日光，
熠熠耀芒毫。
扶摇萧瑟意，
落寞志趣高。
性本好青白，
虚怀有节操。
植田幽谷远，
藏锋南山坳。
风劲倒山海，
雨疏琴瑟调。

①淇竹：淇，淇水，黄河支流，在今河南北部。淇竹，
　淇水之竹。

莲舟曲

闹市灯如昼，
偏好月当头。
欢场歌长夜，
何如秉烛游。
花团缀锦楼，
不及一莲舟。

猛士行

为卫青霍去病威服强大的匈奴、打通河西走廊而作。

> 洪荒接天笼西河①，
> 猛士西狝狩河朔②。
> 祁连山口驰千骑，
> 张弓满月猎大漠。
> 铁马长鞭写昆仑，
> 雄风万里怅寥廓。
> 先贤流泽布云霓，
> 日煮烟霞炫河洛。
> 尧舜天下未央远，
> 汉唐武威金汤若。

①西河：汉武帝置西河郡，治所在今内蒙古鄂尔多斯东南。

②河朔：古时泛指黄河以北的广阔地区。汉武帝曾在河朔建立城池，名朔方，位于阴山贺兰山脚下肥沃的黄河草原，自古为兵家必争之地。河朔为

今日内蒙古河套地区的鄂尔多斯大草原。之后武帝在河朔设置武原郡和朔方郡,在主父偃"盛言朔方地肥饶,外阻河,蒙恬筑城以逐匈奴,内省转输戍漕,广中国,灭胡之本也"的建议下,汉武帝招募内地居民十万实边,并修缮了长城及其他要塞,从此河朔变成了汉朝与匈奴战争的前进基地。汉武帝于此取得对匈奴战争大捷,是为汉匈战争的转折点。

春　望

霓虹照水芙蓉花，
绵密细雨傍柳斜。
暝色难识檐前燕，
飞去飞来落谁家？

蔷　薇

半亩芳园铸金钗，
半丛明黄蔷薇开。
半似菊花枝上戴，
半阙锦绣一袭裁。
半树春光才始栽，
半笼月色独徘徊。

东坡突围

——用黄庭坚《松风阁》原韵

飞流碧落湍大川，
武夷摩空天穹椽。
苏子载奔悟机然，
漏船载酒醉千年。
凤鸣桂树雁阵天，
秋虫夜宴奏和弦。
老村有声响流泉，
书生读熟皆圣贤。
粗茶当酒开大筵，
秋高月满巉岩悬。
桂酒椒浆醉草毡，
天籁韶音乐潺湲，
菊花铺地金垄妍。
野藕调羹备晨馐，
寒溪生雾起轻烟。
云水澶湲汩老泉，
夜夜澄澈流枕前。
风生畎壑枕涛眠，

龙挂老松蛇藤缠。
东坡外放脱系挛,
鹏飞万里天翼旋。

附:黄庭坚《松风阁》诗:
　　依山筑阁见平川,
　　夜阑箕斗插屋椽。
　　我来名之意适然。
　　老松魁梧数百年,
　　斧斤所赦今参天。
　　风鸣娲皇五十弦,
　　洗耳不须菩萨泉。
　　嘉二三子甚好贤,
　　力贫买酒醉此筵。
　　夜雨鸣廊到晓悬,
　　相看不归卧僧毡。
　　泉枯石燥复潺湲,
　　山川光辉为我妍。
　　野僧旱饥不能馔,
　　晓见寒溪有炊烟。
　　东坡道人已沉泉,
　　张侯何时到眼前。
　　钓台惊涛可昼眠,
　　怡亭看篆蛟龙缠。

安得此身脱拘挛，
舟载诸友长周旋。

高风过

乙未年末,京城遇四十余年来最彻骨之隆冬,天风灌宇,寒声摄魂,作诗记之。

龙蛇驾云翮,
高风起绝壑。
千嶂玉霎碎,
万乘兵车过。
飞冲十万里,
冰封一千河。
驰电掣惊雷,
虎啸北中国。

戊戌秋日

江水奔流掣飞舟，
才别盛夏已望收。
不知不觉满眼秋，
千年万年一时休。
百年一梦独登楼，
一夜大雪飞满头。

题石钟山①

午阳如金铺水镜，
半江瑟瑟半江平。
雨溅浮光波衔泪，
林下无风镜始晴。
莫叹枝头落缤纷，
每至秋时水自清。

①石钟山：素有"中国千古奇音第一山"之称，位于
江西省九江市湖口县城区，长江与鄱阳湖交
汇处。

京城初雪

乙未冬，京城大雪，作诗记之。

彤云西沉衔紫凤，
钓台银杏蟠金龙。
西风守信开琼花，
水榭飞檐搭冰蓬。
狂飙撼山鸣玉钟，
铁柏枝弯猎天弓。
玉树丛林敛白蝶，
松针连帐栖银蜂。
且趁丰年耕田垄，
莫负佳期睡梦中。
要效夸父不停踵，
耻教猛虎作睡虫。
热血冰释玉玲珑，
化作春水沃域中。

郑和下西洋

明成祖时及以后不长时间,三宝太监郑和七下西洋,楼船过处,无不宾服,虽彰显汉家天威,拓千里海疆于万里石塘(今中国南海),然耗资巨万,所得几归于无。此后不到百年,西人东来,感慨系之矣。

舳舻万里出东方①,
郑和楼船下西洋。
旌帆蔽空幻云霓,
甲胄十万炫日光。
惊涛玉碎花如雪,
水师森严气若霜。
西狝大义化蛮夷②,
南狩石塘拓海疆③。
王霸气数真已矣!
成祖不敢用儿郎。

①舳舻:巨舰。
②西狝:秋天打猎称狝,冬天打猎称狩。
③石塘:即万里石塘,今中国南海。

乙未中秋

静夜无风一顷湖，
秋月投窗一卷书。
浮生有涯思无涯。
盈虚有定一旅途。
合卷读向昊空去，
碧海青天一粒珠。

京城春雪

戊戌二月十九日，京城雪迟，作诗以记。

风开万朵抱京师，
落英缤纷四月时。
物震惊蛰春有信，
雪花斗妍桃李枝。
花事何须著文字，
季候冷暖俱为诗。

秋　兴

露华月皎洁，
漏夜溯流光。
秋深林愈静，
流萤燃天香。
空山掠鸿影，
竟夕虫声唱。
一川银河水，
追思至洪荒。

塞下曲

霜辰劲风戈马，
弦月弯刀铁甲。
解鞍沽酒牧家，
醉里啸声喑哑。
大漠吹彻胡笳，
意气纵横天下。

秋　思

池塘野草腥，
戚戚秋虫鸣。
独坐起幽思，
追念至水滨。

赤壁怀古

故垒西傍洞庭秋[①]，
芦荻萧萧枕寒流。
长江不当天堑阻，
艨艟连云下江州[②]。
孟德横槊破孙刘，
料无南北五胡忧。

①洞庭：赤壁之战时，洞庭湖就在赤壁一带，后水位退走。

②江州：今江西九江，在赤壁下游，曹操水军如过了江州，便直捣东吴腹地，扑灭孙刘两家联军。如此，中国可能不会发生南北朝四百年痛心的分裂局面。

江边问蝉

蝉栖江村树，
客宿衡阳浦。
远涉潇湘水，
云深归何处？

临川王安石[1]

独对千夫指，
凌寒一枝梅。
庙堂几回误，
满朝不作为。
书成强国策，
力竭未解围。
江流天地外，
明月相伴回。
自放林泉下，
归卧半山隈[2]。

[1]临川：今江西抚州，王安石籍贯临川。

[2]半山：王安石变法失败，自放金陵（今南京），在半山起屋隐居，称半山园。有人经常见他骑驴在乡间喃喃自语，不久仙逝。东坡流放，曾路经金陵附近，绕道去拜访已经下野的王安石。两人属于两个阵营，同为君子，政见不合不影响他们的私交。王安石骑驴到江边迎接苏东坡，两人从地上（凡尘俗事）聊到天上（宗教）。

冬至海棠春令

海棠花，淡泊素雅，清新自许，为花中君子。

要结诗社赋海棠，
梅庵数朵燃天香。
幽魂一缕过女墙，
暗香浮渡小轩窗。
春宵几度开霓裳，
不依游人盼红妆。

相见欢·羁旅

年年误了归期，
又春时，
竟结衡阳愁绪。
大雁归，
梨园雪，
伤弦月，
羁旅思，
一川江流飞逝寸心知。

题泰山

踏遍千山万座峰，
只认泰山为吾宗。
我土疆域千万里，
往溯汉唐唱大风①。

① 大风：指大风歌。大风歌为楚声之庙乐，是汉高祖
刘邦在讨伐英布回师时、途经故乡沛地所作。据
《史记·高祖本纪》记载：（刘邦）置酒沛宫，悉召故
人父老子弟纵酒，发沛中儿得百二十人，教之歌。
酒酣，高祖击筑，自为歌诗曰：大风起兮云飞扬，威
加海内兮归故乡，安得猛士兮守四方！令儿皆和
习之。高祖乃起舞，慷慨伤怀，泣数行下。

华夏三章

其一：文化

五音为宫，角徵羽商①。

兴立诗礼②，成于乐章。

先民兢兢，列祖煌煌。

纵横万里，吾土泱泱。

伯牙子期③，山高水长。

辞章锦绣，风尘翕张。

泛杯为戏，曲水流觞④。

才堪咏絮⑤，广陵嵇康⑥。

寒窑萤光，书生鹰扬。

兵家名相，千里夺将。

喋血草莽，百步穿杨。

壮士效死，裂土开疆。

秦汉隋唐，武威四方。

青灯古佛，白云道场。

文安家国，万邦景仰。

其二：疆土

五行为金，木火水土⑦。

纵横捭阖,列宗列祖。
秦皇初定,华夏之土。
北濒瀚海,南过苍梧。
东临东海,西涉沙瀑⑧。
圣代迭出,礼邦吾族。
弓弯满月,马踏匈奴⑨。
明犯强汉⑩,虽远必诛。
烈士效命,流血漂杵。
饮露餐风,马革裹骨⑪。
契丹虽悍⑫,岂敢南牧?
大唐舟师,剿灭倭奴⑬。
定西南夷⑭,靖尼布楚⑮。
王师秋狝⑯,四海五湖。
史册彪炳,留芳千古!

其三:物产

五谷为稻⑰,黍稷菽麦。
麦浪平原,稻海江淮。
鱼羊为鲜,供奉山海。
高粱燃红,翠竹青白。
舌尖五味,蜚声域外。
峨冠博带,汉家冠盖。
霓裳羽衣⑱,风华绝代。

翠翘金雀^⑲，流光溢彩。

鹿鸣起兴^⑳，神曲天籁。

神农尝草^㉑，医德高迈。

霞光织锦，牡丹花栽。

青铜诡谲，青花流白。

泥壶煮茶，三江春开。

舟车渡远，绝弃尘埃。

国色天香，今古萦怀。

①五音：宫角徵羽商。古代五音为宫商角羽徵。

②兴立诗礼，成于乐章。出自《论语·泰伯》：子曰：
"兴于《诗》，立于礼，成于乐。"意思是：以诗歌来
感发意志，促使个体向善求仁的自觉；以礼实现
人的自立，最后在音乐的教育熏陶下达到最高人
格的养成。

③伯牙子期：俞伯牙与钟子期是一对千古传诵的至
交典范。伯牙善奏，钟子期善听。是为"知音"一
词的由来。后钟子期因病亡故，伯牙悲痛万分，
认为世上再无知音，于是"破琴绝弦"，不再弹琴。

④曲水流觞：是中国古代民间的一种传统习俗，后
来发展成为文人墨客诗酒酬唱的一种雅事。大
家坐在河渠两旁，在上流放置酒杯，酒杯顺流而
下，停在谁的面前，谁就取杯饮酒，以此除灾
去祸。

⑤才堪咏絮：即咏絮之才，出自东晋才女谢道韫（349—409）咏絮故事。谢道韫，东晋女诗人，聪慧有才辩，著名才女。她出身于晋代王、谢两大家族中的谢家，陈郡阳夏（今河南太康）人。谢太傅寒雪日内集，与儿女讲论文义。俄而雪骤，公欣然曰："白雪纷纷何所似？"兄子胡儿曰："撒盐空中差可拟。"兄女（即谢道韫）曰："未若柳絮因风起。"公大笑乐。

⑥广陵嵇康：嵇康，字叔夜。谯国铚县（今安徽省濉溪县）人。三国时期曹魏思想家、音乐家、文学家。嵇康聪颖，好读广博，诸艺皆习，喜爱老庄。身长七尺八寸，容止出众。后娶魏武帝曹操曾孙女长乐亭主为妻，官至中散大夫。后隐居不仕，因得罪司隶校尉钟会，遭其构陷，被大将军司马昭处死，时年四十岁。嵇康刑前从容弹奏《广陵散》，该曲遂绝。

⑦金木火水土：五行。五行是中国古代道教哲学的一种系统观，描述事物的运动形式以及转化关系。

⑧北濒瀚海，南过苍梧，东临东海，西涉沙瀑：秦始皇统一中国时的疆域。

⑨马踏匈奴：马踏匈奴为霍去病墓石雕。

⑩明犯强汉：出自西汉名将陈汤给汉元帝的上书，陈汤表奏击败并诛杀北匈奴郅支单于。奏书原文为："宜悬头稾街蛮夷邸间，以示万里。明犯强

汉者,虽远必诛!"意思是说:"应该把砍下的头悬挂在蛮夷居住的藁街,让他们知道,敢于侵犯强大汉帝国的人,即使再远,我们也一定要杀掉他们。"

⑪马革裹骨:即马革裹尸,指用马的皮革把尸体包起来。出自《后汉书·马援传》。

⑫契丹:最早为契丹族,为中国古代游牧民族,发源于中国东北地区,采取半农半牧生活。后建立契丹国,改称辽,与宋朝分庭抗礼。

⑬大唐舟师,剿灭倭奴:663 年 8 月 27 日至 8 月 28 日的白江口之战,是唐朝、新罗联军与倭国、百济联军在白江口的一次水上决战。公元 663 年,倭军共计五万余人,唐军一万人,倭军大败,百济投降,这就是历史上著名的唐、日"白江口之战"。

⑭西南夷:出自《西南夷列传》,收录于《史记》,是一篇民族史传,记述了我国西南地区许多部落国家的地理位置和风俗民情,以及同汉王朝的关系。

⑮尼布楚:俄罗斯称为涅尔琴斯克,位于俄罗斯外贝加尔边疆区。1689 年,清俄双方在尼布楚城签订条约,将尼布楚地区割给俄国。清俄两国约 200 年无战事。

⑯秋狝:秋季打猎称狝。

⑰五谷:平常俗称的"五谷"所指的五种谷物。"五谷",古代有多种不同说法,最主要的有两种:一

种指稻、黍、稷、麦、菽;另一种指麻、黍、稷、麦、菽。

⑱霓裳羽衣:即《霓裳羽衣曲》,也称《霓裳羽衣舞》,唐代中国宫廷乐舞。相传为唐玄宗所作。霓裳羽衣曲是唐朝大曲精品,唐歌舞的集大成之作。

⑲翠翘金雀:唐代贵族女性的饰物。

⑳鹿鸣起兴:出自《诗经·小雅·鹿鸣》。《鹿鸣》是古人在宴会上所唱的歌。

㉑神农尝草:即神农辨药尝百草的故事,是一则著名的中国古代神话传说。

题天山一号冰川

天山一号冰川在后峡天格尔山,遥对冰达坂,登临处海拔 3840 米。

雾遮蔼罩,昊天杳渺。
气蒸袅袅,仙乐飘飘。
雪映青冥,草长碧霄。
紫岚搂云,青绳系腰^①。
蓝泥如铁,萤石闪曜。
冰流天河,瀑挂九皋。
云堆怪象,风生冥凹。
天公美意,惟妙惟肖。
选胜登临,乐彼逍遥。

①青绳系腰:黑羊在山坡列队吃草,远看似青绳。

读战国

变局起春秋，
王霸演战国①。
天子先坏礼，
世风益浇薄。
诸侯几殆尽，
生民多苟活。
处士如狮吼，
势横连纵合。
仲尼挽周文，
法家佐霸国。
商君厘秦法，
十年起西河。
道德不足恃，
制度定山河。
蜕变嗅草莽，
铁血铸金戈。
屈子徒哀歌，
楚都几陷落。
白起台崔嵬，

丹水坑赵括②。
雄师吞宇内，
铁帚扫六合。
腐儒耳食者，
谁谓秦法苛？
百代秦政治，
千秋大帝国！

①王霸：王道与霸道，为不同的治国方略。
②丹水：秦赵长平之战，秦将白起在丹水坑杀赵降
　卒四十万人。

窗前偶拾

一束两束流星雨，
三盏四盏萤火烛。
五更梦觉待日出，
闲坐东窗好读书。

梅雪辞

陌上数枝开，
霓裳一袭裁。
晴明浮光影，
梅红照雪白。
为邀春做伴，
前次才始栽。

祁连山

　　汉武帝为圆天马梦,由骠骑将军霍去病草创祁连山马场,牧马以破匈奴。某年,我在此仰观星汉,穿越千古,追思先人。

大风歌罢,天纵雄才。
狼山崔嵬[①],瀚海骋怀。
万骑西驰,祁连铺排[②]。
燕然勒铭[③],气吞杭爱[④]。
铁马长剑,威服塞外。
天下弭兵,泽布四海。
凿空西域,长歌当慨。

①狼山:位于中国内蒙古自治区西北部,属阴山山脉西段,东北—西南走向。长约 370 千米,南侧以断崖临河套平原。
②祁连:祁连山脉,位于今青海省东北部与甘肃省西部边境,是中国境内主要山脉之一。由多条西北—东南走向的平行山脉和宽谷组成。东西长800 千米,南北宽 200—400 千米,海拔 4000—6000 米,共有冰川 3306 条。

③燕然:燕然山,即今蒙古境内杭爱山。在中国古
　典诗词里代表征战对象。汉武帝时,著名的燕然
　山之战及东汉时期击败北匈奴时有著名的燕然
　勒功。
④杭爱:杭爱山,即燕然山。

春　望

一树梨花雪纷纷，
三盏桃红照早春。
风吹南垄桑枝眉，
月摇东岭牡丹魂。
流年每至锦团簇，
一夜落红铺彤云。

过三峡大坝

长江出巴东，
一坝锁蛟龙。
大河抛长空，
平湖托云中。
西械飞金凤①，
龙电抟鲲鹏②。

①西械：引进西方设备。
②龙电：国产设备。

国破铭

　　北宋、南宋、明朝等政权均亡于北方草原马背民族,导致华夏文化出现断层。公元1127年,北宋亡于金,宋室南避,迁都临安(今杭州),上到皇帝,下到士大夫阶层,鲜有立志北伐恢复中原之人,宋代林升有讽诗云:山外青山楼外楼,西湖歌舞几时休? 暖风熏得游人醉,直把杭州作汴州。直斥南宋当局忘了国恨家仇,辛辣讽刺中蕴含着极大的愤怒和深深的隐忧。

　　　国破知谁羞?
　　　杭州认汴州①。
　　　更添厓山恨②,
　　　楚人作楚囚③。
　　　兴替几春秋,
　　　满洲猎扬州④。

①汴州:今开封,北宋都城。
②厓山:1279年,厓山一役,南宋灭亡。
③楚囚:楚囚来自《左传》的南冠楚囚的典故。文天祥起兵抗元失败,被押解至大都(今北京),文天祥是今江西人,江西在春秋战国时为楚地,故有

此说。

④满洲猎扬州：明朝末年，清军入关，1645 年，在扬州屠城，仅十天时间，屠杀扬州人民八十万。明朝督师、建极殿大学士、兵部尚书史可法于此役阵亡。南明王朝旋即灭亡。

三清问道

　　三清山,别号少华山,据传,有道教玉清、上清、太清三位尊神列坐山巅。甲午某日,赋闲,进山寻隐者问道,雾大,不遇,作诗记之而去。

　　　　难得数日闲,
　　　　问道三清山。
　　　　流泉浥轻尘,
　　　　虬枝栖苦蝉。
　　　　徐步青岚梯,
　　　　身傍白云边。
　　　　荡胸生丘壑,
　　　　何须拜神仙。

赤　壁

舳舻千里下荆州①，
冲天烈焰销相曹②。
长江不当天堑阻，
焉有魏晋南北朝！

①舳舻：巨舰。
②相曹：汉丞相曹操。

祭秋白^①

雄文飞锋作金戈，
书生敢死报家国。
壮心未已身先殁，
布衣意气不可夺。
北山高擎烈士头^②，
汀江还唱碧血歌。

①秋白：即瞿秋白(1899 年 1 月 29 日—1935 年 6 月
　18 日)，本名双，字秋白，生于江苏常州。中国共
　产党早期主要领导人之一。1925 年，先后在中共
　第四、五、六次全国代表大会上当选为中央委员、
　中央局委员和中央政治局委员，成为中共领袖之
　一。1935 年 2 月在福建长汀县被国民党军逮捕，
　6 月 18 日就义，时年 36 岁。
②北山：长汀山名，也称卧龙山。

南　湖

伟业绘南湖，
神州万道霞。
红船精神永，
领航大中华。

戊戌读史

——岁末印度洋上

　　海上丝路,迄于秦,兴于汉唐,当是时,有泉州广州通夷路,出海万里。至宋,契丹党项勃兴,陆上丝路阻绝,遂专注海上贸易。明初,郑和七下西洋。此后,明朝锁国,清继之闭关,海上丝路绝矣。稍迟焉,欧人大航海,东来叩关,清室始开海禁,几丧国运矣。作诗以记之。

　　　　五星利华出东方[①],
　　　　艨艟巨舰下西洋[②]。
　　　　云帆急雪白皑皑,
　　　　惊涛怒放海茫茫。
　　　　汉唐抚远怀异域,
　　　　闽粤夷路汇戎羌。
　　　　万里骋望皆坦荡,
　　　　两宋丝路浮海上。
　　　　天子霸业彰国运,
　　　　陆海鹰扑两翼张[③]。
　　　　郑和楼船擒番王,

南狩石塘拓海疆④。

布告睦邻化蛮夷，

威服四海酬未央。

①五星利华:出自新疆出土文物"五星出东方利中国",属汉代蜀地织锦护臂,为国家一级文物,1995 年 10 月,中日尼雅遗址学术考察队在新疆和田地区民丰县尼雅遗址的一处古墓中发现该织锦。现馆藏于新疆博物馆。

②艨艟:古代水师巨舰。

③陆海鹰扑两翼张:陆上丝路与海上丝路分别向西北和西南张开延伸,恰如雄鹰两只有力的延展翅膀。

④石塘:即万里石塘。指今南中国海。

雅鲁藏布

杰玛央宗河谷^①，
江流一路歌一路，
雅鲁藏布，
从夏至秋晨又暮，
经行林芝青稞熟，
八千里水路。
西行或开悟，
昆仑横天八十度，
气宇蒸腾云如怒，
喜马拉雅峰如簇，
珠穆朗玛高佛，
藏江天外飞瀑。
央恰布藏布^②，
雪山绵亘老人赋，
鸟飞天路亦迷途，
苍鹰掠过穹幕。
花开花落千百度，
亿万年后还如故。

①杰玛央宗河谷：雅鲁藏布江发源于杰马央宗。
②央恰布藏布：雅鲁藏布江的别名。

丙申清明

壮岁何来耄耋眉？
两鬓更添白雪飞。
才见晓月伴晨曦，
转眼太阳已沉西。
冢中故人成孤鬼，
往来亲眷日渐稀。
醇香还是陈年味，
酒逢知己莫迟疑。

东望泰山

踏遍千山万座峰，
只认泰山为我宗。
尧舜热土今犹在，
对酒当书满江红。
自古风情千万种，
且邀汉唐唱大风①。

①大风：指大风歌。大风歌是楚声之庙乐，是汉高
祖刘邦在讨伐英布回师时、途经故乡沛地所作。
据《史记·高祖本纪》记载：（刘邦）置酒沛宫，悉
召故人父老子弟纵酒，发沛中儿得百二十人，教
之歌。酒酣，高祖击筑，自为歌诗曰：大风起兮云
飞扬，威加海内兮归故乡，安得猛士兮守四方！令
儿皆和习之。高祖乃起舞，慷慨伤怀，泣数行下。

初秋题记

夕阳向晚，
缺月西落，
雁去天高。
三春谢了匆匆，
无边落木萧萧。
失意倍多欢娱少，
肯爱千金一笑^①？
诗酒趁年华，
不教红颜老。

①肯爱千金一笑：爱，怜惜。此句意谓，人生苦短，
勿在无谓的时光中消磨。

哀李贺①

男儿恨不带吴钩②，
无处请缨空自羞。
匣中剑鸣尘封久，
焦思苦吟陌上游。
夭命竟字称长吉③，
天若有情怜殷忧④。

①李贺：唐高祖李渊叔父大郑王李亮后裔。中晚唐
　诗人，后世称为诗鬼。官为小小奉礼郎，因病，辞
　官归故里昌谷，27岁时病殁，英年早逝。
②吴钩：古代兵器。
③长吉：李贺字。
④殷忧：深深的忧心、忧虑。

归田思

静夜听心常无眠，
老去文章不值钱。
滚过红尘卧林泉，
卸甲赋闲不羡仙。
陶潜耕读南山远，
提笔种字当种田。

京城大雨

　　己亥四月二十二日,初夏,风雷大作,京城大雨如注,作诗记之。

　　　　燕山发如黛,
　　　　天地一色裁。
　　　　霹雳震九陵①,
　　　　云堆怪象台。
　　　　倾城树共舞,
　　　　万乘兵车来。
　　　　惊雷摩天掣,
　　　　狂飙扑我怀。
　　　　风掠云山没,
　　　　雨注倒江海。
　　　　好雨知时节,
　　　　杜氏有大爱②。
　　　　凤池翻荷盖,
　　　　龙藤长青苔。
　　　　仙人泼天水,
　　　　澄澈绝尘埃。

①九陵:高山峻岭。

②杜氏:杜甫,写有"好雨知时节,当春乃发生"的著
名诗句,

过韶关

　　韶关为广东北大门,古中国南方之交通要冲。七月十九日,我乘高铁过韶关,作诗记之。

今过韶关未见关①,
丹霞醉倒韶石山②。
浈武三江连湘赣③,
惠河四野接西南④。
任嚣城拔大庾岭⑤,
秦师恨未返中原⑥。

①韶关:古称韶州,因韶石山得名。相传舜帝巡奏
　"韶乐"于城北 30 千米处之石峰群中,该处后来
　统称韶石山。
②丹霞:也传韶石山因丹霞得名。
③浈武:韶关有浈江、武江、北江三江蜿蜒留过。
④惠河:韶关南面和西面分别与广州、清远、惠州及
　河源等地接壤。
⑤任嚣城:秦将任嚣。秦灭六国,旋即征发大军于
　公元前 214 年平定两广,在今广东境内置南海
　郡。南海尉任嚣在今韶关市南郊莲花山下筑城

　　堡,后人称之为"任嚣城"。

　⑥秦师:秦将赵佗领 50 万众南平百越。秦末,中原
　　大乱,赵佗北归受阻,遂割据两广,建立南越国。

故宫记忆

钟鼓谐鸣，金铁铿锵。
雅颂正声，敬予东皇①。
京师紫禁，雄伟庙堂。
金瓦红墙，壮丽辉煌。
燕地苦寒，气韵萧凉。
日光清冽，菊花高粱。
知天子尊，见皇城壮。
蹈破阵舞，连千里帐。
典崇文礼，遂士子望。
王命急宣，出将入相。
文臣伐谋，千里夺将。
武士效命，喋血沙场。
朴野厚重，崛起草莽。
元气淋漓，雄师鹰扬。
朔风利刃，裂土开疆。
列祖煌煌，吾土泱泱。
勤劳国事，万姓安康。
北逐元戎，淮左元璋。
朱明浊甚，女真遂强。

天命有归,勃兴忽亡。
国运多舛,道阻且长。

①东皇:太阳。

己亥秋思

虫豸声渐悄，
又闻洞庭秋。
无边木叶凋，
对镜伤物候。
滚滚长江水，
奔流不回头。

己亥中秋

明镜自清不须磨，
玉盘出水飞琼柯。
弦月长念团圆日，
未几又奏别离歌。

剑门赋

越秦岭西望,过巴山南眺,有剑门古道①,龙蛇扶摇青霄。飞峰衔日,丘壑叠高,巉岩堆险,草树丰茂,嶙峋影诡,嘉陵东走。龙门有剑阁耸峙,横断巴岷,壁立穹昊。嗟尔蜀道难,抚膺坐长叹,猿猱愁攀援,子规愁空山。太白蜀道,行路何艰?葭萌关雄,金牛道险,秦塞通人烟,梯栈相钩连。司马征服巴蜀②,李冰作堰都江。秦军威逼江汉③,屈原悲赋国殇。往矣千年,蜚短流长,蜀主阿斗④,犹如羔羊。君王乞降⑤,空有带甲十万;花蕊羞惭⑥,不泯气节心肝。伟哉山河之固,磐礴常思忧患,兵强无须凭险,民附亿万山川。

①剑门:即剑门关,位于今四川省剑阁县剑门关镇。蜀汉时称剑阁,隋唐时始称剑门关。因其险峻,素有一夫当关万夫莫开之说。公元前316年,秦名将司马错统军走金牛道入蜀,攻灭蜀国,随即攻灭巴国。公元263年,魏国大将邓艾成功偷渡阴平道,进入江油,直逼成都,蜀汉国灭亡。公元

965 年,北宋大将王全斌、刘光义兵分两路破灭后蜀。李白惊叹蜀道难的巴蜀国,先后三次被攻灭,多次应验了战国时期吴起告诫魏武王的话:(国之安)在德不在险。

②司马:秦国名将司马错率军走金牛道入蜀,连续攻灭蜀王、巴王,平定巴蜀。秦国以富饶的巴蜀为前进基地,开始蚕食楚国,楚国的噩梦开始了。

③秦军:公元前 278 年,秦楚鄢郢之战,秦国名将白起领军攻陷楚国鄢(今湖北宜城东南)、郢(今湖北江陵西北,楚都城)楚顷襄王被迫往东迁都至陈(今河南淮阳),远避秦锋芒。

④蜀主:即刘禅。曹魏时,钟会、邓艾兵分两路灭蜀,钟会在剑门关缠斗姜维,邓艾则偷渡阴平道成功,直逼成都,蜀主刘禅投降,蜀汉灭亡。

⑤君王:即后蜀主孟昶。北宋初年,宋太祖命王全斌、刘光义兵分两路灭蜀,不过两月时间,有带甲十四万的后蜀土崩瓦解,后蜀亡。

⑥花蕊:即花蕊夫人,蜀主孟昶妃子,后蜀亡后,被宋太祖霸占。太祖令花蕊夫人作诗,花蕊夫人写下《述国亡诗》:"君王城上竖降旗,妾在深宫那得知?十四万人齐解甲,更无一个是男儿。"太祖称好,后世诗评家也多称道此诗。

附:李白《剑阁赋》

　　咸阳之南,直望五千里,见云峰之崔嵬。前有剑阁横断，倚青天而中开。上则松风萧飒瑟飔，有巴猿兮相哀。旁则飞湍走壑，洒石喷阁，汹涌而惊雷。

　送佳人兮此去，复何时兮归来？望夫君兮安极，我沉吟兮叹息。视沧波之东注，悲白日之西匿。鸿别燕兮秋声，云愁秦而暝色。若明月出于剑阁兮，与君两乡对酒而相忆！

梦回长安赋得古风十四言

别过故乡认他乡，
叠唱阳关各尽觞。
有酒惟浇河西地，
生年无悔在马上。
但有血性生争心，
功名谁肯竞雄长。
长安少年歌出塞，
不肯埋没在草莽。
笔落昆仑书肝胆，
出剑万里缚虎狼。
弱冠铁血擒番王，
悍将妙笔著文章。
男儿本自重横行，
热血当洒效疆场。

乌江渡①

十万大山峰如簇，
大河远上天水注。
湍流奔涌波涛怒，
风云突变霎时瞑。
雄师聚剿钳江堵②，
弱旅提兵猛如虎。
军情橄急乌江渡，
国运瞬间决胜负。
烽火千里无净土③，
铁血堪将沉浮主④。

①乌江:乌江发源于乌蒙山东麓,江水由西南自东
　北奔流急湍,因水流清澈,称为乌江。1935 年 1
　月初,红军抵达乌江时,形势已万分危急。前有
　国民党黔军挡住去路,后有国民党中央军 10 个
　师贴身紧追,中央红军必须尽快强渡乌江,才能
　暂时化险为夷。红军曾经突破湘江,折损大半,
　但更加凶险的乌江没有能够挡住红军的去路,1
　月 2—6 日四天,红军在前有黔军堵截、后有国民

党中央军紧逼的紧急关头,从回龙场、江界河、茶山关三个渡口强渡乌江天险,为打下遵义、召开遵义会议打开了通道。遵义会议是中国革命历史伟大转折点。从这个意义上说,突破乌江,可以说是一场转变国运的战斗。

②雄师:红军到达乌江时,中央军有 10 个师的生力军在红军身后贴身紧逼。相对于疲惫之旅的中央红军来说,这十万中央军应该算是雄兵了。而统帅这支劲旅的指挥官正是国民党军名将薛岳,薛岳从江西亲提这十万劲旅一路跟踪追击红军到贵州。 钳江:红军强渡乌江时,前有国民党黔军挡住去路,后有国民党中央军 10 个师贴身紧逼,对红军形成夹江聚歼之势。

③烽火:北洋军阀和国民党统治时期,战火不断,暴乱频仍,民不聊生。

④沉浮:1925 年 8 月,32 岁的毛泽东重游橘子洲,感慨万千,写下了著名的《沁园春·长沙》,其中有"问苍茫大地,谁主沉浮"的名句。

商鞅变法

背剑纶巾辞太行，
河西回望渡板霜①，
雄辩滔滔剖三皇②，
纵论五帝说秦王③。
学富五车通儒法，
王霸杂糅只用强④。
货与霸术膝前席⑤，
耕战定制塑虎狼⑥。
疾风板荡知劲草，
十万东征吼秦腔。
折脊东方扫六合⑦，
溃决黄河淹大梁⑧！
百年遗策归一统，
诸侯衮衮缚咸阳。
五马车裂身家谤，
虎豹不肯为犬羊⑨。

①河西:指黄河西岸,秦国在黄河之西。商鞅向魏
　惠王献强国之策,不用,愤而渡河,西入秦关,来

到秦国。

②三皇:古代传说中的帝王,三皇通常指伏羲、燧
人、神农三人。

③五帝:五帝至少有三种以上说法,此处只取第一
种说法,他们分别是少昊、颛顼(zhuān xū)、帝喾
(kù)、尧、舜。　秦王:此处指秦孝公(秦孝公在
位时尚未称王)。

④王霸杂糅:商鞅是通晓儒家与法家之术的大家。

⑤膝前席:商鞅最后以霸道说秦孝公,秦孝公听着
入迷,自己的膝盖居然挪到席子外面去了。商鞅
在魏国为魏相公叔座中庶子时,必然仔细研究过
吴起在魏国、楚国变法的经验教训(吴起,战国时
著名政治家、军事家,与孙武齐名,古时并称"孙
吴",曾在魏国主持过变法,后在楚国主持变法失
败,被杀),商鞅在秦国的变法张大了吴起的
变法。

⑥虎狼:商鞅通过奖励耕战,把本来羸弱不堪、退无
可退的秦军打造成为视死如归的虎狼之师。

⑦六合:指齐楚韩燕赵魏东方六国。

⑧大梁:大梁,今开封。公元前 226 年,秦王嬴政令
秦将王贲灭魏,王贲决黄河、鸿沟水淹魏都大梁,
三月,大梁城破,魏国灭亡。

⑨虎豹:指商鞅甘愿为自己的主义与主张献身,决
不肯像羔羊一样向保守势力妥协。

现代诗

叶尔羌河[①]

自从那里有湖海山川，
自从那里有戈壁荒漠。
胡姬般妩媚的叶尔羌河，
便掀开岁月诡谲的帘幕，
开始对星光附丽的苍穹絮絮诉说，
唱一支只有草原才能听懂的牧歌，
也蜿蜒捡回牧羊人早已忘记的传说。
落日下牛羊，
看惯了叶荣叶落，
看惯了春耕秋割。
曾与昆仑最高处老人似的雪峰，
记起亿万年前开过的花朵，
也曾共同惊诧恐龙还在时，
流星划过拖曳的横天银火。
岁月撞毁多少轮村落！
叶尔羌河却从未曾干涸。
费尽移山心力堆砌莎车的故事[②]，
更折叠了千百万年喀什噶尔的传说[③]。
青春汩汩流淌的叶尔羌河，

什么没有见过?

她见过老迈的岁月,

昆仑山上的贝壳。

她见过霸主恐龙轰然灭灭,

由肉身渐变为化石的骨骼。

她见过珠穆朗玛最年轻时的模样,

她知道哪里是松涛最雄浑的丘壑,

哪里是最向阳温暖的斜坡。

哪里是帕米尔最销魂的眼窝④,

哪里是神仙最隐秘的居所。

我,敬畏叶尔羌河!

①叶尔羌河:全长 970 千米,发源于克什米尔北部喀喇昆仑山脉的喀喇昆仑山口,有深邃陡峭的峡谷。

②莎车:位于今新疆西南边陲、昆仑山北麓、帕米尔高原南缘。

③喀什噶尔:古城。占地面积 20 平方千米。前身即西汉时疏勒城,位于克孜勒河与吐曼河交界的高埠之上。

④帕米尔:即帕米尔高原,波斯语,意为平顶屋。中国古代称葱岭,古丝绸之路于此经过。为昆仑山、喀喇昆仑山、兴都库什山和天山交会之巨大山结。面积约 10 万平方千米。

红尘三问

我不记得，
那场最初的美丽邂逅，
与那页最摄魂的回眸，
伫在江南的哪座枫桥。
等得连时间都白了头，
才知道所有美好过往不候，
空让流年将青春吹皱！
那对对斜飞的燕子归来，
是在早晨还是黄昏时候？
她们是不是昔日的旧友？
当日子过去了很久很久，
有多少誓言还在真诚相守？

我不记得，
那最壮阔的灵魂出走，
与河畔永难相见的离愁，
曾泊在哪个古老的渡口？
与其对衡阳雁字饮泣，
不如饮尽孤独那盏老酒。

听惯了秋虫无谓的叹息，
何妨对无边旷野长啸，
任豪情高过万丈楼。
听说鲈鱼堪脍想家时候[①]，
若安放何必清澈江右，
谁说终南不可以久留？

我不记得，
多少宫阙化为废丘！
多少年春耕秋狝冬狩[②]，
在哪儿拴马哪儿系舟？
尘封千年的笔记，
有几页值得珍藏的春秋[③]？
历史砌满了发黄的岁月，
消磨尽多少离散的骨肉？
最沉重莫过于史册铁锈，
一椽笔堆砌五千个年头！
这世间本没有什么不朽，
荒原上既埋平民也葬王侯。

[①]鲈鱼堪脍：用西晋张翰典。据《世说新语·识鉴篇》记载：张翰在洛阳做官，秋季西风起时，想到家乡莼菜羹和鲈鱼脍的美味，便立即辞官回乡。

后来的文人将思念家乡、弃官归隐称为莼鲈
之思。

②秋狝:秋天打猎称秋狝。　冬狩:冬天打猎称
冬狩。

③春秋:此处专指史书。

树的故事

我将树，
作为知己，
陪她在天地伫立。
背负冰封烈焰，
握别枯萎花季。
动辄数千百岁，
年年青春轮回。
问生命，
谁曾有树的经历？
生命皆赋善意，
树，
最解情义。

我将树，
当作爱人，
陪她在红尘苦吟。
惯看风雨雷霆，
久历蓬勃飘零。
若未饮尽孤独，

能悟透几分悲欣？
问生命，
谁能如树般笃定？
万物皆有灵，
树，
是最通灵的神明。

遇　见

我祈愿，
这世间的每一场遇见，
都是为续前缘。
五百世离合悲欢，
都在今生尽释前嫌。
我祈愿，
这世间的每一场遇见，
都能真诚相见。
虚伪作魑魅遁远，
莲花绽放每朵心愿。
我祈愿，
这世间的每一场遇见，
都美如花环。
愿天下有情人，
都成就美好姻缘。
我祈愿，
这世间的每一场遇见，
都遂了红尘宿愿。
放飞往归彼岸，
相守忘川河边。

归田歌

春分,春意渐浓,鲈鱼正肥,故土遥遥……

惊蛰才过,
谷雨晴和。
布谷声里,
涨满小河。
趁晴时收麦,
打谷场堆麦垛。
用三天插禾,
两天叠纸鹤,
将六弦琴弹拨,
由流霜霏霏,
到大雨滂沱。
辛苦日少闲时多,
将牛远放南山坡。
隔山隔水山歌,
我和;
沟沟坎坎丘壑,
我过;

浑汤浊酒，

我喝。

捞江月镜初磨，

鬓发白雪堆许多，

牙也豁，

背也驼。

挽仙浪银河，

洗红尘沉疴。

吼陶氏东篱歌^①。

无腔啸声，

比天空辽阔。

①陶氏:东晋诗人陶渊明,写有"采菊东篱下,悠然
　见南山"的著名诗句。

又见敦煌

无须什么翅膀，
凭那无形的力量，
便可以飞翔。
见多了老去的日子，
祁连山龙蛇飞雪，
五千年烈烈风霜。
记起炎黄高阙，
蒹葭苍苍^①。
记起卫鞅西走赴秦，
光狼城下渡板霜。
记起闺阁的静夜思，
壮士效命的疆场，
记起霍去病卫青李广，
大漠长风未央^②。
记起张骞凿空西域，
万里驼队行商。
记起苏武牧羊，
寸心甘苦寸衷肠。
别过秦月汉关，
别过雄性隋唐，

别过李白的长安，
别过嬴政的咸阳，
别过杳无踪影的阿房，
别过鸣沙山，
那弯永不言弃的半个月亮。
向冲天炉火，
铸犁也铸剑，
拍遍绵亘万里的长城，
拍遍河西走廊，
扑向敦煌！
岁月不老却沧桑，
向谁问？
我远逝的先民，
用一椽怎样的笔，
写遍，
万年的期盼，
无尽的悲伤。
将一揖到地的祝愿，
布满人间天堂。

①蒹葭苍苍:《诗经》句子。
②未央:按古汉语解释为未尽、未已,没有完结。

古镇故事

岁月有痕，
斜飞的雨脚，
密密叮咛，
凿刻记忆的凹坑，
威严了一圈圈年轮。
坡上爬满龙蛇般的老根，
连老樟树也成了精。
粉墙驳落为泥泞，
古老了篱笆外的小径。
我喜欢结满岁月的古镇，
连炊烟都泛着汗青。
我敬重墙上苔水上萍，
所有蓬勃的微弱生命。

江　南

南来的风捎信，
春又到了江南。
催播的布谷江南，
啼晓的黄莺江南，
托梦的蝴蝶江南，
相思的子规江南，
不如归去的鹧鸪江南，
这些是山水的江南。
春来江水绿如蓝，
银山堆里看青山，
春风又绿江南岸，
细雨垂杨系画船，
平林簇簇点晴川，
这些是诗人的江南。
春江放排的江南，
竹海挖笋的江南，
桑田采桑的江南，
松下采菇的江南，
稻田插禾的江南，
这些是耕作的江南。

西望长安

三千带甲羽林①，
侍卫宫寝。
三十万铁军，
驻守要津。
文臣伐谋，
武士效命。
猛将起卒伍②，
都护安西北庭③。
帝国版图上，
没有一个闲民。
三百里阿房，
梦回六国宫廷。
一边寻不死药，
一边又去修造陵寝，
将万世帝国的命运，
付与那个恨意炽烈的阉人。
试问，
扶苏胡亥子婴，
谁最该承担责任？

鲜卑的女人④，
将如歌的草莽风情，
带进长安城。
谁相信，
竟有回不去的扬州行。
谁相信，
大唐梦成真？
出晋阳征讨的大军，
出潼关东去的行旅；
出河西投笔从戎的诗人，
岑参高适王昌龄。
翠翘金雀霓裳羽衣，
点亮了乐游园水边的丽人。
长安锦绣回望，
山顶次第千门，
谁知道，
一骑送荔枝的红尘？
酒肉发臭的朱门远处，
冻饿死多少，
闺阁盼归的良人。
伊伫立柴门，
望尽，
迤逦远去的小径，

望断，

西去戍边的征人。

是谁，

不问苍生问鬼神？

秦王朝大厦覆倾，

起因是那场秋雨，

泥泞，

阻碍了那九百戍卒⑤，

远赴渔阳的行程！

李唐的千年帝国梦，

被惊天动地的渔阳鼙鼓惊醒⑥！

怎忍西望？

秦陵霸陵昭陵，

西风残照下的帝茔，

陪了多少王子王孙，

多少命妇妃嫔。

从李唐上溯嬴秦，

逃不脱，

渔阳终结帝国的宿命。

①羽林：此处指羽林军，是我国古代最为著名并且
　历史悠久的皇帝禁军。西汉武帝时期创立。
②猛将起卒伍：宰相必起于州部，猛将必发于卒伍，

出自韩非《韩非子·显学》,为韩非选拔官员的名言。强调国家的文臣武将,特别是高层官员和将领,一定要从有基层实际工作经验的人中选拔,否则处理政务,领兵作战就可能是纸上谈兵,耽误国家大事。

③都护安西北庭:西汉宣帝任命郑吉为西域第一任都护。郑吉为统管西域,在西域的乌垒城(今新疆轮台县东)设立"幕府",这就是著名的西域都护府。北庭都护府,是唐朝设立于西域天山以北的行政单位,管理区域东起伊吾,西至咸海一带,北抵额尔齐斯河到巴尔喀什湖一线,南至天山。

④鲜卑的女人:隋唐两代君王的祖先母系出自鲜卑血统。

⑤九百戍卒:这里指陈胜吴广在大泽乡起义。

⑥渔阳鼙鼓:公元755年冬,安禄山纠集了十五万人马,号称二十万,连夜从范阳(今北京市城区西南)起兵造反。唐代诗人白居易在《长恨歌》中提到这起事件:渔阳鼙鼓动地来,惊破霓裳羽衣曲。

西出阳关

我在山西光狼城下，
黄河古渡口，
衣单秋凉，
渡河西去新疆，
那时渡口板桥已经结霜。

我本来是个读书人，
如今却要背剑远行，
吟诵古幽燕民谣，
西辞太行。

我曾饮烈酒，
醉倒在河西走廊。
在月下，
模仿东坡居士，
西北望，
射天狼。

我且收拾起少年时，

那份吞吐天地之志，
在甘肃武威，
少驻初程，
只须一晚。
距潼关不远的函谷关，
道狭如函，
如欲锁关，
只须一粒泥丸。

至甘肃酒泉，
可以解鞍饮马，
将心情放缓，
去祭拜霍去病，
犒赏汉家壮士的那眼弯弯流泉。

行旅至此已临塞外，
胡笳之声满耳，
晚风拂柳笛声残，
骑火一川明，
单于猎火照狼山。
我一身戎装，
去叩阳关。

生命如此脆弱，
就像一粒风荷上的水珠，
不知道哪天被风抖落，
或被太阳烤干。
人生如此短暂，
就像一只春蚕，
一旦将丝吐尽，
天年不过夏天。
无论你走多远，
也走不进天边的地平线。

太阳燃天火，
熄灭于夜晚，
才过十五，
明月正满，
她将陪我，
一路到天山。

闪电撕裂天幕，
有长风扑过，
一川碎石，
雷鸣般从高坡滚落。
半张沙幕，

便抖擞千丈威风，
接天黄沙，
霎时将瀚海淹没。

高昌古国的烈焰，
直扑帕米尔高原。
西域这个地方，
不是冰就是火，
一晃便是一年。

我曾在沙口，
不经意间，
让匈奴单于脱缰走远，
却在信马由缰时，
将楼兰王一索捆翻。

烈士暮年，
不读少年诗书！
即便攒下百年功名，
到头来不过尘与土。
那些大碗喝酒，
大摇大摆的武林游侠，
即使海量，

千杯也要糊涂；
我骑怒马，
开硬弓，
少说能饮一万壶。

九曲盘旋枝，
寂寞胡杨树，
早将脚跟扎进九泉下的泥土，
生命如此坚强！
路人怎知个中甘苦?!
我愈年高愈远离，
风烛残年的父母。
不知他们能否等到，
我东去回归故土。
如果上天垂青，
我且赋残年，
了却平生事，
不辜负家乡父老的嘱咐。

江　声

乙未夏时，我与精华在江船上听江声，往事如烟，
作诗记之而去。

我听见，
仙人撞钟磬，
西风鸣瓦铃，
那是浪扣船舷的声音。
急一声缓一声，
像我的父亲。
我听见，
老僧敲木鱼，
禅院诵梵音，
那是浪拍江岸的声音。
重一声轻一声，
像我的母亲。
我听见，
弓弦划走琴弦，
云雀掠过桦林，
那是浪拥前浪的声音。

嘻一声嗔一声，
像我的爱人。

昆仑山下的荒漠

我不知，
要写一支怎样的歌，
才能完整唱出，
那片荒漠的性格。
在那生命远遁的地方，
却突兀起，
绵亘无垠的雄浑丘壑，
更流淌着，
大川坦荡却没有流水的沙河。
但你分明感觉到，
十万大军敲金戈，
滔天巨浪云端泼，
更有大江东去时，
桀骜不驯的壮阔。
你仿佛突然看见，
在沼泽里戏水的白鹤，
还有淹没在水底的楼阁，
那是消失已久的传说。
我曾听见那片荒漠，

最撕心裂肺的唱和，
也许她经历过，
最蚀骨销魂的寂寞，
每时每刻都唱着那支无字的离歌，
从清晨到日落，
从夜晚到太阳于东方喷薄。
我曾听见那片荒漠，
最清澈温婉的诉说。
也许她哺育过无数生命，
就像一位母亲，
喃喃唱着，
那支摇篮边的老歌，
从青春到沧桑背驼，
从辛劳坎坷到喜悦收获。

岁　月

不见岁月一丝皱纹，
那经历漫长纪年的老人。
那时还没有月亮皎洁的身影，
也许地球还没有黄昏清晨，
太阳只是一粒飞溅的火星，
更没有金星水星飞旋的银轮。
也许银河系只有几盏流萤，
宇宙还是一团混沌未开的星云，
或者，连星云也远未流行，
只有屈原笔下的刑神司命，
或者还没有人造天神。
人猿握别是多少万年前的事情？
人类纪元还不够岁月眨一下眼睛，
更别说个人寿命。
岁月更看重那份纯真，
造物主这才赋予我们光阴。
请别再纠结是否有灵魂，
即使天上没有神明，

还有牧师僧人超度亡灵。
我们专注做好分内每件事情，
不负苍生不惧鬼神。

故乡的原风景

我见过最高远的夜空，
那朵朵星云。
见多了，天地开合日月阴晴。
天体电掣星际之旅，
宇宙正离我们远行。
星移斗转有序，
河汉流布列陈。
我见过最本元的旷野。
山原纵横驰骋，
牧野坦荡无垠。
清晨比蝉翼透明，
风比柳絮还轻，
太阳抚爱大地，
万物迎蹈光明。

致逝去的青春

日月经天飞旋，
如梭流年，
铁犁纵横苍颜，
鬓角堆雪，
刻写岁月威严！
我相信变也不变，
纯真从未改变，
初心愈加柔软，
相望绵长经年，
热忱历久弥坚。
我们对天扪心祈愿：
无论相距多么遥远，
无论风云如何变幻，
无论富有贫寒，
无论海角天边，
让阳光传递温暖！
相扶如山并肩，
执手相叙言欢，
情义薪火相传，

心灵隔空相伴，
友谊永世相牵。

英雄礼赞

为从蓝天陨落的青春生命、飞行英雄余旭赋诗！

如果志冲青云，
能翱翔蓝天；
如果万钧雷霆，
在缥缈云间，
那么，
凯歌回环，
犹如驰风掣电。
我曾见，
一抹优美的弧线，
以奔放的天翼，
诗意的回旋，
划过碧海云天。
我曾见，
一道银色闪电，
在苍穹之颠，
月亮之畔，
太阳侧舷，

飙风般矗立惊叹！
我知道，
即使最微弱的生命，
也会对这片热土赤诚眷恋。
你对母亲，
该是何等牵念！
我知道
你并未走远，
或许，
你仍在绚丽天边，
在北回归线，
似一支离弦银箭，
做最浪漫的飞旋。
我知道，
你仍梦萦魂牵，
以矫健的空翻，
像海燕，
为这深爱的土地，
写下完美诗篇。

随　笔

你可以去到远方，
却去不到咫尺天边。
你可以回到故乡，
却回不到童年的故园。

随　想

我常羡慕那一树青，
镂刻碧空大背景。
我常醉心那飞天镜，
盈虚有定弄清影。
我常怜惜这水上萍，
行远才知故乡亲[①]。

①故乡:此处指地球人类家园,意即脚踏实地,不要
　想入非非。

殷墟问

在十九世纪的最后几个月，安阳殷墟被发现，甲
骨文开始破译，一个伟大文明重现。戊戌初秋，我与
木子、林夕驱车经此，作诗追忆。

惯于掠夺的十九世纪，
老态龙钟，
于我最是伤神。
只须送别秋声，
只须一场暴风雪呼啸降临，
撞开新世纪那扇大门，
召告东方起行。
不知是几更天，
或在傍晚或是黎明，
触摸殷商遗民那炽热的体温，
是谁，最早从云端听见，
华夏那支清澈的童年歌声。
已经无法想象，
盘古女娲那些远古神明，
开天辟地的情形，

却有记载仓颉造字，
天雨粟、鬼夜哭，
当时石破天惊！
曾几时，
我列祖列宗告别记事结绳，
殷商先民，
将整个部落的热切期盼，
寄托冰冷的甲骨，
占卜吉凶，
问丰歉问成败，
问天地鬼神。
用一双双粗糙的大手，
用心凿刻拙朴的契文
缔造远古文明。

枫　树

每天去看那棵枫，
见它叠翠堆黄燃红。
寒意已彻骨，
一年又老态龙钟。
我看枫如此，
料枫看我应不同

无字碑

生命到了最后，
武则天什么也不想说，
她立无字碑诏告不言，
文字能堆砌最华丽的辞藻，
于她却苍白无力，
嘴能拨弄最恶毒的语言，
她并不在乎。
那个小名唤作媚娘的女人，
躺在冰冷的墓穴中，
已逾千年，
至今沉默不语，
立不言之言。
历史很难记住一个人，
却牢牢记记住了武则天。

寄红尘

我希望我的灵魂清澈澄明，
让你照见我有如赤子的真诚！
我希望有条幻化的围巾，
拥抱你寂寞的孑灵！
我希望有支永不熄灭的烛明，
点亮你漏夜前行的旅程！

流　萤

那一盏盏流萤，
闪烁如磷火，
撞开那扇门，
明灭如幽灵，
点燃荒郊野岭，
将清晨一早唤醒。
谪落天庭的繁星，
在这尘世匍行，
点亮夜的眼睛，
自山谷流落水滨，
从薄暮映照天明，
伴我独行。

愿爱永注心田

爱,最难遂心愿,
这才许下无数诺言。
枕前发尽千般愿①,
要休且待青山烂,
有几人坚守到白发苍颜?
情,最能拨动心弦,
这才萌发最凄美的诗篇。
曾经沧海难为水②,
相顾无言尘满面③,
长相思,摧心肝。

①枕前发尽千般愿:出自敦煌曲子词中的一首早期
民间名作,为五代时作品,作者已不可考。该阙
菩萨蛮写的是一位恋人向其所爱者的陈词。为
了表达对爱情的坚贞不渝,词中使用了一连串精
美的比喻立下爱情誓言。原词为:枕前发尽千般
愿,要休且待青山烂。水面上秤锤浮,直待黄河
彻底枯。白日参辰现,北斗回南面。休即未能
休,且待三更见日头。

②曾经沧海难为水：前两句为曾经沧海难为水，除
　却巫山不是云。这两句诗出自唐代宰相诗人元
　稹，这首诗是悼念亡妻韦丛之作，也有说是怀念
　少时恋人崔莺莺的。这两句诗的意思是：经历过
　无比深广沧海的人，别处的水再难以吸引他；除
　了云蒸霞蔚的巫山之云，别处的云都黯然失色。
　喻指对爱情的忠诚，说明非伊莫属、爱不另与。
③相顾无言句：出自苏轼词《江城子》，为纪念亡妻
　王弗而作。其中有"相顾无言，惟有泪千行"的
　名句。

卢舍那①

我不是什么诗人，
拙于表达对天地万物的崇敬，
更无以知道那些石头亿万的年轮。
我相信，万物皆有灵，
伊川，奔流千年万年，
还在与沉默的龙门相亲。
我眼前的伊川水，
流淌着绵长不绝的深情。
我相信，那个年代，
会有很多香客跋涉山水，
年年来这里朝圣，
朝觐各自心中的那座尊神。
那个时候的工匠们，
怀着怎样的敬畏之心凿刻？
使亘古冰冷的绝壁，
渐渐有了体温！
要步步登高才能仰见你，
卢舍那！
眉如新月眸如朗月，

儒雅睿智晴朗庄重，

彰示，大唐鼎盛时，

大丈夫最雄阔的胸襟，

而最打动天下人心的，

是她的那份自信，

她那永恒的温暖与悲悯。

①卢舍那：卢舍那大佛被赋予了女性的形象，当时按则天女皇的形象雕刻。前后用了三年九个月的时间，完成于公元 672 年。位于今洛阳龙门奉先寺，通高 17.14 米，仅垂耳长就达 1.9 米。卢舍那大佛艺术水平之高超、整体设计之严密，世所罕见。